暗送幽香

刘金范 ◎ 著

吉林人民出版社

图书在版编目（CIP）数据

暗送幽香 / 刘金范著. -- 长春：吉林人民出版社，2022.8（2024.1重印）

ISBN 978-7-206-19420-7

Ⅰ.①暗… Ⅱ.①刘… Ⅲ.①散文集—中国—当代 Ⅳ.①I267

中国版本图书馆CIP数据核字（2022）第218792号

暗送幽香
AN SONG YOUXIANG

著　　者：刘金范
责任编辑：王　静　　　　　　封面设计：清　风
出版发行：吉林人民出版社（长春市人民大街7548号 邮政编码：130022）
印　　刷：北京一鑫印务有限责任公司
开　　本：787mm×1092mm　　1/16
印　　张：12.5　　　　　　　　字　　数：200千字
标准书号：ISBN 978-7-206-19420-7
版　　次：2022年8月第1版　　　印　　次：2024年1月第2次印刷
定　　价：42.00元

如发现印装质量问题，影响阅读，请与出版社联系调换。

热爱散文
——序刘金范《暗送幽香》

报社从市区迁址市郊，好处之一是落得个清静。当然，属于相对的清静。我编副刊，来稿与来人后浪推前浪。富可敌我的半壁江山，远远近近没断了登门造访的身影。金范一介茶客，借旧雨吉言，入新知队伍。我称其为茶客，或轻或重，轻重全在里头了。初次见到我，他汗津津翻出满兜子茶，一一细数特色。可惜，我向例疏于茶事，再物美再价廉，始终动嘴脸不动心思。两年后的2008年3月27日，我在版面上刊发金范处女作《茶说》。他取样报时春风荡漾，忽略了我久存的些许愧疚。

茶有茶经，文有文道。

嗯，就生活而言，金范不具备弃茶从文的资格，差得远哩！孰料想，他很快就不再四下里兜售了。为什么呢？我没好意思问。他每次到我办公室，不空手，要么是诗，要么是文，诗文似乎成了主业。他反复强调，发不发表无所谓，请我给予指导。看他那憨憨实实、诚诚恳恳、热热切切的样貌，我不忍心敷衍，往往传授二三。他不住地点头，不断地写作，我明里暗里助力，及祝福。一晃十几年过去了，烟火金范烟火心，柴米油盐，风霜雨雪，汇集成《暗送幽香》。之于他，胜似富贵荣华呢！

生下来，活下去，谓之生活。纷繁的生活中，行可行之事，迷可迷之事，则沉入幸福了。海子渴望幸福：从明天起，做一个幸福的人/喂马、劈柴，周游世界/从明天起，关心粮食和蔬菜/我有一所房子，面朝大海，春暖花开。畅达吗？畅达里夹杂着沉郁；幽默吗？幽默里透射着辛酸。生命朴素的基点，熠熠烁烁，至死一场空梦。金范不求那么深，借浮光掠影，宣示一己的感受、感慨与感想，让生活寄放或寄望在生活中，放则放，收则收，足够痛快了。

尽管，有一些琐碎；尽管，有一些平庸。

"十步之泽，必有香草。"与其说金范热爱散文，毋宁说金范热爱生活。抛开题材，抛开手法，尽情地顺从生活的纹理与气象，以调适理所当然的心态与文字。客观上，也恰好应和了那种古腔古调：人有一癖，可养深情。哦，深情如海，深深的海洋。这里，请允许我替金范换一种表达方式：生活投我以木瓜，我报生活以琼琚。我承认，我对他的作品有些计较，甚至有些挑剔，但我未曾警示他"你已偏航，需要重新规划路线"。行大路，走小径，由着他去吧！不可以吗？我的意思是，倘若一个人热爱风，别给他指示雨；倘若一个人热爱雨，别给他指示风。风风雨雨，自在为要，哪怕迷失再迷失。

一颗心，迷失于散文，生活反而充盈了。无处不在的事理，无微不至的情义，唤醒了这一个或那一个金范，成全了这一篇或那一篇散文。一字字，一句句，呕心沥血，水涨船高。漫道"不历尘埃三伏热",漫道"孰知风露九秋凉",金范熙攘之余,与散文缱绻,感觉无比美好,抑或美好无比了。

美好,且美妙,一地鸡毛兴许幻化出满天彩霞。太夸张了吧?不。怎样的生活不是生活?哪里的生活不是生活?一棵树活一棵树的气韵,一棵草活一棵草的气息,逍遥中,了无憾意。我从前习惯点染别人,现在习惯别人点染我,与年龄有关吧?《暗送幽香》宛如一面镜子,照小,照大,照小大;照虚,照实,照虚实。

热爱是最好的老师,大有作为。金范粗人一个,粗中有细,便有戏。不过,热爱任凭热爱,散文里外,里外散文,也还是差些意思呢!

什么呢?

自己想。

姑且为序。

赵培光

2022年8月5日

七律

——祝贺同窗金范君《暗送幽香》散文集付梓

文心历历几研穷，
岁月惊心砥砺中。
万象翔集搏浪里，
红尘身世表情衷。
封妻荫子他人事，
铸剑争锋自己功。
敢向瑶台歌丽曲，
一腔汗血尽流东。

张士杰于亚泰桂花苑

2022年6月30日

目　　录

每年立春这一天 …………………………………………… 001

姥姥的眼睛 ………………………………………………… 003

我的父亲 …………………………………………………… 006

母亲的手 …………………………………………………… 009

话家常 ……………………………………………………… 011

快乐的月嫂 ………………………………………………… 013

侄子的烦恼 ………………………………………………… 015

不想再婚的那个他 ………………………………………… 017

传统女人 …………………………………………………… 019

发传单的人 ………………………………………………… 021

小区里的拾荒人 …………………………………………… 023

又遇上了他 ………………………………………………… 025

月照中秋 …………………………………………………… 028

四季伴 ……………………………………………………… 030

下岗以后 …………………………………………………… 032

好孩子 ……………………………………………………… 034

- 亲情的味道……036
- 退休以后……039
- 公交车上的小女孩……042
- 老伴儿……044
- 敬老院里的"小棉袄"……046
- 英雄的舅姥爷……049
- 盛开的柏合……052
- 大姐夫与叶大哥……054
- 我眼中的大学生……056
- 茶　说……058
- 卖茶与写诗……061
- 不一样……064
- 童年纸飞机……066
- 茶叶与茶情……068
- 清明随想……070
- 春风暖人心……072
- 收藏的幸福……074
- 我的小板凳……077
- 由风筝说开去……080
- 车棚朋友圈……083
- 不一样的秋菜……085
- 回忆小学时光……087
- 生活与健康……089
- 打折空调……091
- 红眼病……093

秋日肉飘香	095
晒　被	097
新　巢	099
鸟儿啁啾	101
晚年的风景	103
流量写作	105
晚年情	107
老　趣	110
换位思考	113
染发剂的启示	116
和为贵	118
闲庭信步	120
露天电影院	122
遥远的狗肉馆	124
怀　旧	127
善待余生	130
离不开的东北小咸菜	132
话匣子	134
感冒随想	136
从感冒咳嗽说开去	138
餐余记事	140
下雪的日子	143
春天的心灵	145
城市灯光	147
月光下的琴声	149

榆树行 ·· 151

雪花飘飘忆当年 ······································ 154

晨曦里 ·· 156

春天里 ·· 158

北戴河游记 ··· 160

游园记 ·· 162

雪花啊,雪花 ··· 165

孔雀鱼 ·· 167

六月的风景 ··· 169

落叶情怀 ·· 171

北窗上的冰霜花 ······································ 173

枫叶情 ·· 176

不老的柳树 ··· 178

鱼之乐 ·· 181

小区健舞抒情怀 ······································ 183

老　屋 ·· 185

后　记 ·· 187

每年立春这一天

那天我起得早,看见奶奶把面板上大块面揉得又白又软。她用一只手把揉好的面揪成一小块一小块的面团,又用双手把小面团弄得像含苞欲放的花朵。

这时,奶奶手中的擀面杖像着了魔似的,一朵朵小面团在擀面杖下飞快地变成薄薄的、圆圆的"月亮"。

我看奶奶往炉膛里填了一铲子湿乎乎的煤,于是,炉膛里面的火变得很安静,奶奶又往炉膛上的平底锅里涂了星星点点油花,随后,她把擀好的饼放在一尺长的擀面杖上,用另一只手托着饼的下半部,麻利地走到炉膛前,把饼平展在铁锅里。我看她手持一把小平铲,把摊在锅里的饼轻微地平整了一下,然后,她又去擀下一张面饼……

奶奶好像心里装着一张烙饼的时间表,不大一会儿,她又来到铁锅前,我也凑上前去,我看见刚才放进锅里的那张饼,饼面上鼓着一些小气泡,这时,奶奶用铁铲子在饼的上面按了按,不大一会儿,又把躺在锅里的饼给翻了一下身,烙好的那面立刻散发着扑鼻的面香味,面饼的上面分布着大大小小的面泡,有的小面泡破开了花，有的萎缩得皱皱巴巴。

奶奶在屋里屋外忙来忙去，放在面板上的小面团子越来越少，约莫有半个小时的工夫，奶奶烙好的饼在搪瓷盆子里码成了垛。随后她又把洗好的大葱切成一柞长的小段，把烙饼前炒好的土豆丝、绿豆芽，炸好的大酱分别盛在盘子里，摆在饭桌上。

奶奶顺手拾起一条毛巾，擦拭着额头上沁出的汗，她脸上挂着满意的笑容对我说："等一等，再过几分钟就打春了，到了打春的时候吃春饼，心里面有股念头……"

我看着满盆子香喷喷的春饼，问奶奶："咱们中国人为什么要在每年立春的这一天吃春饼呀？"奶奶用怜爱的目光看着我，我从她的神情里看出她好像也说不清楚一个究竟。她顺着我的话题对我说："一年之计在于春，立春这天一家人能吃上自家人擀的又薄又圆的春饼，图个一年里的生活团团圆圆。"

奶奶说的话甜在我心里。每年立春这天，我们全家人都要吃自己动手擀的春饼，这种习惯一直沿袭至今。

原载《吉林日报·东北风》

2011年6月16日

姥姥的眼睛

  姥姥心地善良，她做好事、帮助他人，会感到心里格外的欣慰。上一代的老人，凡是跟我姥姥相处过的亲朋好友和街坊邻居都知道我姥姥的为人。20世纪40年代，姥姥委托一位山东老乡带着钱去外地购一车洋铁板，这位老乡空手回来，跟我姥姥说一车洋铁板半路上被"胡子"抢个精光，老乡说的话不管是真是假，姥姥还是善待他，没有一点追究。我小时候就感受到姥姥在生活中是位积德行善的好人。

  有一年冬天，邻居家收音机坏了，家里的孩子听不到中央广播电台的儿童节目，孩子的父亲在南方工作，母亲在市内建筑单位上班。那时我父亲的单位增加一个营业项目——修理广播器材，姥姥就盼咐我父亲有时间把邻居家的"戏匣子"拿到单位修一修。我的父亲也是位热心人，他知道这件事不是自己能干的，还要求助同志。在那个年代里，家里的事情拿到单位去办要跟领导请示，父亲心里做着斗争。终于，父亲在单位跟领导打好了招呼，也跟维修广播器材的工作人员说好了，才把邻居家的收音机拿到单位做了一次检查修理。姥姥的一块心病，终于解决了。

那天晚上，父亲把修好的收音机拿了回来，我望着修好的收音机感到很新鲜。姥姥高兴地把邻居张姨叫到家里，父亲帮她接上电源，调试好波段，一首甜美的歌从收音机的小木窗里传了出来。做了好事的姥姥更是心悦神舒。但是真没想到，邻居张姨打开收音机后面的机壳，没好气地说，机壳里原有的部件被偷换了。这时坐在一旁的父亲就站了起来，对站在一旁的张姨说，你家的收音机是老牌子，电阻电容有一两件坏了，还有几个也将要不能用了，人家都给你换成了新的、质量又好的零部件，不该换的，人家没给你换。

姥姥和张姨家是老邻居，我小时候就听说姥姥没少帮助她家，就连她结婚时她丈夫身上穿的礼服都是姥姥借给他们的。她家的孩子放学没饭吃，姥姥做好了饭菜就给送去，有时还让她的孩子和我们在一张桌子上吃晚饭。姥姥在这件事上憋气窝火，而邻居张姨还强词夺理、不依不饶地到我家吵吵闹闹，强迫我父亲找单位修理收音机的那位同志承认偷换了她家收音机里的零部件。

姥姥受到了极大的伤害，一夜没有入睡，我起夜时，看见姥姥半躺着，面容凝结着伤感，不时地叹着气。

第二天一大早，我看到母亲在屋里生火做饭，姥姥跟母亲说：亮天前我睡了一会儿，醒来时看见眼前的电灯是一团火，屋里的摆设都是模模糊糊的。我听得出来姥姥着急的是眼睛，一旦医治不好，姥姥不但失去生活自理的能力，还会给她带来精神上的痛苦。因为姥姥是闲不住的人，不仅做一日三餐，购买柴米油盐，还要照料我们姐弟五个。

父母领着姥姥走遍省城大医院，托关系找专家诊断治疗，姥姥被医院诊断为青光眼，这病在当时没有根治的可能。父母为姥姥的眼病四处讨药方。我还记得，母亲在单位讨到一个药方，父亲去药店买来冰片，这药材是去眼睛积火的，母亲把冰片放在碗里，再往碗里倒进少量的药酒。我看到母亲小心地端着碗，虔诚祈念着碗里的药为姥姥的眼病治愈带去希望。母亲推开门，把药碗放在门槛外的月光下，月光皎洁，碗里明亮晶莹的冰片盈在药酒里。过了半个时辰，母亲把药碗端进屋里放在桌子上，一只手用棉签蘸着碗里的药液，细心地擦拭着姥姥的眼睑。母亲天天晚上这样做，姥姥的眼睛还是没有好转。

　　姥姥是位盲人了，但她心里是敞亮的，她用灵敏的耳朵听着家里家外的事，她用善良的心，化解着生活中的矛盾，她对我们说：做好事会积德，善有善报。

原载《吉林日报·东北风》
2010年7月8日

我的父亲

有一年，父亲得了重病，住进一家省级医院。当天下午是我护理患病的父亲，父亲深情地唤我到病床前，吩咐我："过些日子，你联系一下你表弟，跟他商量一下，把你奶奶的坟墓迁移到山东老家，和你的爷爷合葬。"父亲的话说得语重心长。坐在一旁的我，总觉得父亲认为自己的生命到了终点。我看了父亲一眼，这时的父亲望着病房的天花板，眼角处有泪水在不停地滴落……

父亲在医院里住了半个多月的光景，就溘然长逝了。这时我才恍然大悟，父亲住进医院的那天，凭他自身对病情的感受，就已意识到自己已经病入膏肓了。所以，父亲嘱托我把奶奶的坟迁往山东老家，完成他未完成的一份心愿。

提起父亲对奶奶的孝心，那可要从父亲的成长说起。

父亲是遗腹子，从小就没有见过我爷爷，是奶奶精心呵护他长大成人。我听父亲说，奶奶对他关照得挺仔细，不管穿衣吃饭，还是读书交友，奶奶总是把父亲生活中的细节一一放在心上。奶奶为了让父亲能上得起学，整个人好像一台纺线机器，天天没完没了地在纺车前织着棉线。奶奶把挣来的钱，供父亲读私塾、上国立中学。卢沟桥事变那年，正赶上父亲考高中，父亲在语文试卷上怀着爱国的热情义愤填膺地写下了一篇中国军人抗击日本侵略者的作文。父亲以高分考取了县内高中。过了些日子，日本人大举入侵华北平原，整个山东省都被占领了。也就在这时，奶奶的纺线车也断了活源。无奈的奶奶再也拿不出供父亲读书的钱了。懂事的父亲也看到奶奶的难处，毅然决然地放弃了读书深造的机会。辍学在家的父亲为增加家里的经济收入，或给邻里乡亲书写状子，或在镇子里的集市上摆地摊，勉强地支撑着战乱年代的生活。过了一段时光，家庭的生活状况稍微有了点好转，步入青年的父亲为了多挣点钱，便告别了奶奶，背井离乡来到长春找工作。在亲属的帮助下，他终于谋到了一份差事。

有一天我问父亲，那时你闯关东，在城市里人生地不熟的，是不是有想家的念头，在时刻挂念着奶奶？父亲用略带哽咽的语调对我说："俗话说得好，在家事事顺，在外处处难。当年我离家在外谋生计，如果在生活上遇到一些伤感的事情，总会在睡前想念你奶奶。"他问我："你还记得唐诗里说'慈母手中线，游子身上衣'吗？"我心里一热，说道："这是唐代诗人孟郊咏母子之情的五言古诗。"这时，我瞧见父亲好像忘记了身旁的一切，表情凝重地陷入了对往事的回忆中，过了一会儿，父亲又说："那时，东北的冬天很冷，刚落在地上的唾沫，不等唾沫上的小气泡破灭，就会被寒冷的西北风冻在地上。那年，我从山东老家乘火车北上到长春，临行前，你奶奶深知东北冬天天气寒冷，她用平日里积攒下的好棉花，起早贪黑地为我赶制御寒的穿戴和被褥。"父亲说到这里的时候，他的眼圈被泪水润湿了……

父亲平日里对奶奶很孝顺。长春还没有解放时，奶奶就被父亲接到长春来住。打我记事起，父亲就没有和奶奶顶过嘴，在家里总是看着奶奶的脸色说话。奶奶也很通情达理，对家里家外发生的矛盾纠纷，总是用老一套的伦理道德将之化解。

父亲对奶奶的孝心也很执着。有一阵子奶奶患病，父亲四处寻中医，讨来对症开下的药方子，把买回家来的中药，细心地用药碾子碾成碎末儿，再按照大夫的要求，每天用炉膛里的慢火把中药熬三遍。大热天里，坐在炉火旁边的父亲不敢离开半步，生怕把中药熬糊了，耽误奶奶的病情。父亲每一次熬药时，搭在肩膀上的擦脸毛巾，都能拧出一把把汗水来。父亲对奶奶的孝心深深影响着我。我在对父亲遗体做告别时，向安详地躺在灵柩里的父亲做了保证。在第二年的春暖花开时，奶奶在长春的坟迁回了山东老家，终于落叶归根。

父亲故去已有二十一载了，我从奶奶和父亲生活的轨迹中，感受到一种淳朴家庭中真挚的母子之情，感受到亲情需要栽培，亲情也需要回报……

原载《春风文艺》
2011年第6期

母亲的手

那一年，母亲病了。我下班后，每天都要跑到大姐家，反反复复按摩着母亲那双被岁月雕琢得沟壑纵横的手……

晚年的母亲患脑卒中，难以治愈的血栓严重影响着她的语言功能。

母亲心里想要说的话，儿女只能用心去体会。

母亲心灵手巧。年轻时，在工作岗位上劳累一天的她回到家，还要做父亲单位为照顾困难职工分配给职工家庭的手工活——制作国旗上的五角星。

接过父亲带回家来的一捆捆黄棉布，母亲脸上总是挂着笑容。晚饭后，母亲把一匹匹黄棉布摊开在桌上。她先把一匹布分几沓，分好份数后，母亲把准备好的五角星纸壳模型放在黄布面上，用手锥子在五角星每个角的位置分别扎透十个小针孔，然后再用长嘴布剪刀，裁出一沓沓五角星。第二天下班后，母亲先烧开一壶水，打好面糨糊，再把做完作业的三位姐姐叫到身旁，手把手悉心地教姐姐们制作五角星……我凑到母亲跟前细瞧才发现，干涸的糨糊早已把母亲手指头上柔滑的肌肤侵蚀得抽抽巴巴。在单位劳碌了一天的母亲，回到家里也不得清闲啊！

我仍然清晰地记得，姐姐们发烧感冒时，母亲是如何伸出她那纤细的手指，在姐姐的额面上挤压出点点斑斑的小红星星。母亲这个祛火退烧的小招法，操作起来手法很专业。

有一年冬天，我患了感冒，发起烧来。母亲把退烧药碾碎了，催促我用温水服下，又吩咐我躺在她铺好的柔软的被褥上，然后，她盘着腿坐在我旁边。母亲上身弯曲着，像一只弓着身子的海虾。她用细滑的手指，把我贴身的海军背心挽到我的胸口，让我的头枕在她的双腿上，我开始意识到，母亲会用对待姐姐的办法，施恩于我！我的心像刺猬一样，紧张得缩成一团，无奈地闭上了眼睛，等待着那时刻的光临……母亲的手落在我的前额，那么温馨柔润地抚拭着我发烫的额面。她没有在我的额头上雕琢五角星，而是把手轻而柔地移到我的身上。当我嗅到了酒精的味道时，放松的心又绷紧了弦。我偷瞧一下，母亲用手蘸着碗里的酒精，揉搓着我的前胸后背。我觉得头脑渐渐地清醒了，酸痛的关节渐渐地轻松。我听到了母亲的心跳……

当我睁开眼睛，近距离地端详母亲，发现母亲的面容泛着浅浅的倦意，那双凝视我的眼睛里，蕴藏着深情，流淌着深深的爱……

原载《吉林日报·东北风》

2012年5月17日

话家常

　　那天,姐姐们饭后谈论个人生活的变化,我在旁听着。大姐以前穿戴很简朴,她的着装,会使人想起20世纪六七十年代的情况。

　　儿子给她买来时尚的上衣、裤子,她批评儿子:"好衣服好裤子穿在身上能当饭吃么?"儿子说:"人是衣裳,马是鞍。现在生活富裕了,穿在身上的衣裳,也得跟上时代。"

　　我知道大姐早些年上班收入低,舍不得常买新衣裳,她把挣来的钱都用在生活上,哪有闲钱往自己身上添彩。

　　现在的大姐,跟从前不一样了。大姐把衣柜打开,向我们展示她的服装。她从衣架上卸下一件红艳艳的羽绒服,夸口说,花钱买名牌服装,穿在身上舒服。我惊讶地说,这件户外羽绒服的单价顶我一个月的薪水,大姐说,我出外穿上它又轻松又保暖,人们羡慕的眼光都投向我,说我日子过得红火了,人也打扮得美了。

　　二姐的生活也好起来,亲朋好友去她家串门,到吃饭时,她不让人家走,找个临近的饭店叫上一桌酒席,让客人们吃上顿可口的美食。二姐说，现在不像从前家来人没条件下馆子，只能去市场买来鱼肉在家招待。二姐说，那时吃完饭，自己还得洗盘子刷碗筷，满屋子酒味烟味的。现在有了钱，家来客人请人家上饭店，谁愿吃啥，就让厨师烹饪啥，吃完了账一结，方便。

三姐也改变了生活的习惯。从前她生活中用的盆盆罐罐，老掉牙的桌椅板凳，都舍不得扔掉，我送给她新的锅碗瓢盆，她总说旧东西还能用。她家衣柜里堆满了老旧的衣服，她舍不得扔掉，一说扔，她就急赤白脸地说，在过去这是好衣服，留下来干活穿。

现在三姐住上了新房，装修的材料都是绿色环保的，她家让我耳目一新，睡觉的床，吃饭用的桌椅，厨房里的锅碗盆勺都是新买的。三姐说，住上新房子，生活的旧习惯也得改变。

我以前买不起电脑，写稿子在白纸上"爬格子"，朋友讥笑我，啥年代了，我是茶壶里煮饺子，有话倒不出，因为没有多余的钱。

后来我生活好起来，买了台电脑写文稿，在网络上查资料，往各报纸杂志社邮箱里发稿件，电脑成了我生活中不可缺少的一部分。

我跟三个姐姐说，四十年前，我们过穷日子，四十多年的改革开放，让我们的生活富起来，我们这代人是改革开放的参与者，又是改革开放的受益人。为各自家庭生活的幸福美好，为祖国的繁荣昌盛，祝福！

快乐的月嫂

我三姐，五十九岁。清明节前我们相见，我问她："还当月嫂吗？"姐姐说："这些年我都干得挺顺手的，现如今月嫂这门行当，被炒得挺火爆的，我怎么能丢掉自己的老本行呢？"

我从三姐底气十足的言语和脸上的精气神，看出她对生活乐观的心态。

姐姐说："现在月嫂很吃香，像我这样有行业经验、名声又好的月嫂，有人付大钱雇，专职干白天的活，工资五千元起。如果你照看好雇主的孩子，让雇主满意，还会给你额外发红包，使你'乐不思蜀'，不会被其他雇主撬走。"

姐姐说："我这几年做月嫂积攒下的钱，购买了回迁的房子，有了新房子，儿子娶上好媳妇，我再给自己积蓄点晚年的过桥钱，就心满意足了……"

姐姐的话说得很朴实，她能用自己一双勤劳的双手，托起一片生活的蓝天，用乐观的心态，化解掉生活带给她的艰辛和烦恼。

20世纪90年代，姐姐失业。那时她的心情一度很低落。但姐姐很开朗，思想转变得很快。她起初选了个本钱少、利润也小的买卖，大热天，姐姐把冰糕箱子从五楼搬下来，推着冰糕车子走街串巷，嘴里吆喝着花花哨哨冰糕的名字。一天到晚挣到手的钱，十块八块的，但姐姐心里却甜滋滋的。

有一年，姐姐在亲友那里借了些钱又转变了经营的项目。她丢掉了冰糕箱，租了临街一间小平房，做起了她看中的司机快餐这门生意。

姐姐大清早去早市买回包饺子需用的新鲜的肉和青菜，吃完早饭，姐姐再把买回家的芹菜、韭菜洗得干干净净的。姐姐为了让饺子好吃，饺子馅里从不昧心添加不良调味剂；包饺子的面，姐姐从不买低价劣质的。姐姐的饺子都是现包现卖，她乐乐呵呵地做生意，高高兴兴地挣钱。

后来姐姐做生意的临街房屋被拆迁，姐姐又寻了个现如今时髦的岗位——月嫂。

姐姐说："人做事别人看着，谁心里都有个小九九，干一行，专一行，挣人家的钱，就得诚实守信誉。"

我对姐姐说："你真是好人。"姐姐跟我说："生活中，谁都会遇上点困难，你伸出手拉他一把，他眼前的困难就化解掉了，你也感到快乐，你有一时的落难，他也伸出援助的手，你的难处没有了，他也快乐……"姐姐的一番话，触动我的心灵。

她在下岗后没有抱怨社会，而是用自己的一双手擎起一片生活的蓝天，为提高家庭的生活质量，她用积极的生活态度，战胜失业的苦痛，获取了金钱，获取了快乐，也赢得了人们的尊重。

原载《吉林日报·东北风》

2014年7月10日

侄子的烦恼

我妻子的侄子属狗，典型的"80后"，光阴在他生活中兜了一万多个日夜，他却还在婚姻殿堂外徘徊。

有一次，我在岳母家遇上他，我劝导说你快跨过三十岁门槛了，也该尽早有个家了，爹妈不能跟你一辈子，男大当婚，女大当嫁啊。

我推心置腹的善言善语，还是没有打开他心里的锁。他的奶奶坐在床前插话说：你这个孩子，好赖话听不出来，不懂事。你大姑父疼爱你，跟你说起谈婚论嫁的事，你看，小时候和你上房揭瓦水泡里抓泥鳅的小淘气们，如今人家结婚的结婚，有对象的有对象，哪像你！你是我的大孙子，我和你爷都是八十高龄的人了，夜里做梦，都惦记你结婚有个家。

我看了他一眼，他像霜打的茄子，耷拉着脑袋，交叉的两只手，做着揉搓手指的动作，神情挂满了忧伤，他像是在沉思中求索着什么。我觉察到，他心里好像有百般纠缠的小虫子，在不停地啃咬他，他又无法摆脱……

过了一会儿，他终于倒出心里话。他说，我们"80后"的男孩子，处朋友相对象很容易。但你们也知道，嫁出去的女孩，男方家庭都给装修好一套新房子，哪像你们结婚那个年代，娶进家门的新媳妇，多数都要与男方家里老人同一个铁大勺里摸笊篱！

他脸上的笑容全消失了，"如今时兴贷款买房子，可我没有贷款抵押物，身旁又没有合适的亲戚朋友做贷款的保人"。他瞧我一眼，然后怏怏地又说："我打算借钱凑份子，东一家、西一家，七大姑、八大姨，四处筹买房钱，但我又一想，走这条借钱买房的途径，那不是望山累死马吗？"

恍然间，我读懂了侄子盘结在心灵深处的烦恼。

翌日，我接过送报人手中的报纸，蓦然跃进我眼帘的是——长春市社会住房保障局给我市月收入三千元以下的家庭提供公益住房。突如其来的喜讯让我如获至宝，赶紧把好消息告诉了侄子。

"安得广厦千万间，大庇天下寒士俱欢颜。"我的心潮又一次涌动了起来……

原载《吉林日报·东北风》
2012年7月26日

不想再婚的那个他

突如其来的雨，浇得满街行人四处躲藏。我约弟弟和我的一位同学，在一家小酒馆相聚。

同学像换了一个人似的，衣着整洁、彬彬有礼，没有了当年的蓬头垢面和焦急郁闷的表情。更令我神悦心舒的是，他心情特别好，看不到他当年因为离异、下岗而萌生的怨天尤人的消极情绪。

我与他感情甚笃，在我人生"走麦城"的日子里，他给了我雪中送炭般的温暖，我很感激他。但他婚姻的不幸，又让我很怜悯他。他热爱生活，为人热情，他的婚姻理想是两个人白头偕老、相濡以沫，但现实却与他开了一个大玩笑。

我时常约他出来散散心，在小酒桌前闲聊些生活中的奇人轶事，我尽量聆听他倾吐的心声。每次相聚，他总好像寻到了一处温馨的港湾。闲聊中，他总把心里想说的话，慷慨地倒给我。他说：说实话，谁都想有一个和和美美的家，在外有个不顺心的事儿，回到家唠一唠，心里的疙瘩就解开了一大半；如果你出差在外有烦恼的事儿，家里的她给你打来电话，那种温馨的感受，真好像是久旱逢甘露。

时隔许久，今天我们三人一边分享着美酒的芬芳，一边相互交流着生活中愉快的事儿。我试探着："你才五十刚冒头，应该重新考虑建立个家庭。常言道，老伴儿老伴儿，人到老了应该有个伴儿。"我用期盼的目光等待着他的回答。他微笑地说："哥哥，以前我曾经跟你说过，哪个离异的人不想重新有个家啊，可是，眼前的社会现实，真让你放心不下，也许婚姻的失败对我造成的创伤太深了。"他叹了一口气，说，因为是半路夫妻，婚后打打闹闹，身在曹营心在汉，离奇古怪的事太多了。

　　他又说了一句形象生动的民间俗语——"麻秆打狼两头怕"，逗得我笑了起来。我赞许他，"你把这句流传甚广的民间俗语比喻成半路夫妻，真是恰到好处"。他也笑了起来，并且顺着话题说：半路夫妻，不是你提防着她就是她提防着你，谁也不会付出真挚的感情。一旦矛盾闹大了，又是一场悲剧。

　　"我遭受过婚姻的挫折，所以对再婚考虑得比较谨慎。这几年我四处奔波，给商家推销产品，也积攒下了几万块钱，我已经把原单位住房的产权买到了手，现在的小日子过得挺舒服的。我年纪大了，不想因为再婚而闹个鸡飞蛋打、一贫如洗了……不想让自己在经济上和情感上再一次承受打击了！"他说这话时，向我无奈地摆了摆他那青筋突起的手，但又以很满足的语气向我道出句发自内心深处的话："人到了老年，只要有个好心态，就会有健康的身体，有了好身体，就是一个人过日子，也会拥有温馨幸福的晚年。"他一连串有板有眼的话，令人耳目一新，我呆坐在酒桌旁，无言以对……

原载《吉林日报·东北风》

2011年9月8日

传统女人

她是让我敬慕的传统女人。

我与她三年前偶然相遇，下岗前，我们曾是同事，她待人热情，品行端正，好助人，与我性情很相似。

她与母亲住在一起。送走身患重病的父亲，她又惦记哥哥家的孩子。因哥嫂有病，她毅然去外地的哥哥家，把他的孩子接到身边，跟自己孩子同吃、同住，同在一所学校上学读书。八年后，在她的精心培养下，孩子以优异的成绩考取北京邮电大学。

那一年，她姐家的姑娘分娩后住在娘家，需要有人照料。姐姐要去北京工作，就又想到她，晓得她心眼好，会帮人料理生活起居，于是求她到家来，接替自己照顾女儿。她带着自家孩子，一个人挑起两个家庭的重担。她早起晚睡，累得腰酸背痛，但却坦然地说："既然帮助人家，就得悉心尽到自己的义务。"

有一年，她准备给儿子购套婚房，相中一处正在热卖的楼盘。心想，如果能买下这套房产，不但解决了儿子结婚的住处，而且和自己家距离近，生活上也有个相互的照应。她想得很好，可手中的钱不给她争气，于是，她想向姐姐求助，她知道，姐姐头些年做股票生意,挣了上百万元,她想姐姐一家会帮她的。

她想得太单纯。姐姐说:"家里哪有闲置的钱借给你用?你管我借钱,这不是给我生活添乱子吗?"她的心彻底凉了。回家路上,想着这码事,她眼里涌出泪水。她翻来覆去责问自己,难道我以往好心待人的一回回善事,真验证了好心人并不一定得到好报?难道金钱在姐姐的眼里,比感情重要么?

情绪稳定下来后她想,姐姐家虽然有钱,但人家也有花钱的地方,人家花销的打算,岂能全盘倒给别人听?她喃喃地说,像在安慰着自己,也好像在告诫自己:人呀,谁有钱,不如自己有钱好,用起来方便,求人的事有时真难……

那一年,母亲患重病住进医院。病床前,只有她不分白天黑夜地伺候,不知情的旁观者问,你是家里的独生女吗?为啥母亲住院跑前跑后的就你一个人?

她不愿与兄弟姐妹争论,也怕有病的母亲觉察,而且自己也无怨无悔。

有一年夏天,我在街上遇上她,她脸上挂着幸福的微笑,跟我侃侃而谈。她参加了省老年大学,在声乐班学习。她对我说,人活着,不仅要有生活的长度,也要有生活的宽度。生活一天,就要高兴一天,如果遇上不顺心的事,就要往开心处想,做一些让自己开心的事。

她真是一位让我敬慕的拥有传统美德的女人。

原载《吉林日报·东北风》
2013年1月24日

发传单的人

回家路上，总会遇到一个向行人不断发放广告传单的人。他站在雪地里，看我朝他走去，随着一声"您好"，麻利地塞给我一份彩色的广告传单。

当时，我真想拒绝他发传单的那只手。我每次走在街上，尤其在商业繁华地段，都很讨厌这些人发传单的行为。每次看到他们，我都躲着走，生怕他们东一个、西一个跑到身前，就是一个劲地往我兜里揣传单。他们的举止，好像一群淘气的孩子，惹得我心情不佳。

这次遇上发传单的人，是一位中年人。他发传单很有窍门，在来来往往的行人中，那些面色温和的，都是他锁定的目标。他会走到那些人跟前，手指间掐一份传单，眼睛里，泛着虔诚的期盼。

他发放传单恪守职责，从不滥发、多发，即便是有人怜悯他，向他多要几份，他也会婉言谢绝。他跟我说，挣人家的钱，良心要摆正。

我问他的年龄，他端详着我说："咱俩相仿。"我问他属相，果然与我年龄相近。"你还有几年退休？"他说："还差两年。"他讪讪地又说："这样的岁数，不能待在家里，依赖老伴每月开的那点儿退休金，这不，发传单是我在社会上找到的适合自己的活计。"

我看他一眼，说："冰天雪地，做这份工作，多辛苦，从早发到晚。你应该弄点儿虚，做点儿假。"他看我一眼，说："你别把我们的雇主当成傻乎乎的猪八戒，把自己当作孙悟空，弄个瞒天过海的小动作。人家也有许多耳目，这样做，不但坏了我做人的名声，更丢掉了我挣钱的饭碗。"

我继续赶路。西边的天际上，落日的余晖异常耀眼。回眸，他仿佛变成了这座城市里，一帧美丽的风景插图……

原载《吉林日报·东北风》

2014年12月25日

小区里的拾荒人

在我家楼下，时常能看到两位花甲老人，神情专注地用手里的二齿耙，扒拉树阴下的垃圾箱子。这两个人穿戴很干净，并不蓬头垢面，其中一个，毫无顾忌地把戴着手套的手，探进一个垃圾箱里，只见他从垃圾箱里扯出两个纸壳箱；另一个人的手也在垃圾箱里忙碌着，只见他翻弄了几下，几个空饮料瓶子就被他掷进编织袋里。

据说这两位老人也住在我们小区。他俩生活上并不困难，每人的退休金，一个月也有一千六七百元，儿女生活也很好，不需要牵扯他们。

去年的夏天，朋友约我去他家。我顺着鹅卵石铺成的弯曲小径行走，一路上花香氤氲，蜂鸣蝶舞。进了他家的楼道，只见二楼去往三楼的缓台上，不知是谁家堆放的一捆捆旧纸壳板，占据了缓台一多半的面积。在码好的纸壳板上，又横躺竖卧着几个装着空饮料瓶、满满鼓鼓的编织袋。

酒桌上，我跟朋友道出这事儿，朋友说："楼道上那些废旧物，是二楼一户退休老师的，他从小区垃圾箱里捡回来堆到这儿。"我诧异地问:"老师怎么还干这种差事?教了一辈子的书,不缺钱花呀!"朋友说:"我们小区居民多半是中青年教师,少数是退了休在家养老的。有的退休教师在家照料看孙儿,有的养花养鱼,也有的在小区树阴下挂个鸟笼遛鸟,可他却不同。"朋友说:"有一天,我刚下到一楼推开门,正巧遇上他,他一手拿一条编织袋,一手拿着二齿耙,跟我打个招呼,我明知故问,问他是不是要出外走走,他笑了笑说在家待不住。我知道,他又要去扒垃圾箱,寻找他的'宝贝'了。"

原来,退休在家后,看到散落小区垃圾箱旁一沓沓的旧报纸、旧书,还有装在超市购物袋里东倒西歪的空饮料瓶,被雨淋着,被阳光暴晒着,他就心疼。想着可把这些东西送到废品回收站,变废为宝,同时又可以美化大家的生活环境。

离开朋友家,我的思绪仍在起伏。在我的眼前,又一次出现了那两幅流动的画面:一位教书育人的退休教师和居住在我小区的那两位拾荒老人……

原载《吉林日报·东北风》
2015年4月23日

又遇上了他

认识他的那天，是二十多年前。那天，我接到领导电话，派我去外地出差。

准备出差用具时，我发现缺了把剃须刀。大清早商场没营业，于是我就去地摊上买。我在地摊旁忙三火四打听着，想买把熊猫牌的剃须刀。

忽然间，一个女人招呼我："你买啥？"

我说："熊猫牌的剃须刀。"她说："有。"随即麻利地起身，递给我一个没开包的剃须刀。我打开一瞧，是"三无产品"。再往前走，一溜儿地摊上，摆有各式各样的剃须刀。又问了几个摊位，但他们卖的，不是冒牌的，就是经过修理、以旧翻新的。

我正犯愁时，只见有个摊位的摊主，正向买他商品的顾客做质量保证的承诺。

我惊讶了，地摊上也有这样的买卖人？

他的摊位上正好有我要买的那种剃须刀，我欣喜地问："这把剃须刀多少钱？"他向我打个手势：三十元。"比商场价低。"我自言自语道，心里又嘀咕："能保真吗？好货不便宜，便宜没好货。"

他坐在马扎凳上，把我要买的那把剃须刀递给我，我翻来覆去地端详。

他像是揣测到我的心事，跟我说："我卖的剃须刀，是地道的品牌货。"没等我回答，他从布兜里拿把没开封的出来，安上电池，说："你在脸上感觉一下，盒子里有生产厂家的信誉卡。"

我问他："假如剃须刀出现质量问题，能做到包退换吗？"他拍着胸脯说："放心吧，老弟。"他掏出名片拿出笔，写下商品售后质量承诺书。

那把剃须刀使用起来果然不错，不夹胡茬子，不偷停，剃得也干净，与我一起出远门的同事也喜欢上了，问我在哪家商场买的，我说地摊上，他不信，说我戏谑他。我又一五一十地把买剃须刀的经过说给他听，同事说："你遇上贵人了。"

后来我上街，只要经过他的摊位，就要跟他唠上几句生意嗑儿，他总是会说："假冒伪劣商品，人家卖，我不卖。赚昧良心钱，生意不会做大。"

之后一两年，我没有再看到他。搬家后，也再没有和他在一起闲谈过。

今年春天，我到一家电子产品商城给小外甥女买录放机，让她了解天南地北的风土人情。

突然我眼前一亮——两座山聚不到一起，但两个人说不上哪一天会遇上。我看到他时，他也看到了我。我抬眼扫了扫他身后柜台陈列的电器商品："今天你的买卖做大了，昔日的鸟枪，今天换成了大炮。"我逗趣地说，他也会心地笑起来。

我问他："摆地摊生意做够了？"他说："挣钱没有满足的。做好了，越做越好做，越想做大生意。人往高处走，水往低处流嘛。"

他说："我当年凭着良心做事。买我货的客人多了，他们又成了我的商品广告。"

从大马路上搬到大楼里，他的秘诀是，保证商品质量，恪守对顾客的承诺。

我心里顿开一扇窗。在他的柜台里，我选了一部新款式的品牌录放机。

原载《吉林日报·东北风》
2015年6月18日

月照中秋

幼时，我喜欢望月——春天里的晓月，夏天里的明月，冬天里的残月，但我最喜欢——中秋节挂在天空上那轮圆月……

每逢中秋，当那轮圆月爬上深邃的夜空，我喜欢沿着公园里的小路，尽情地欣赏公园里那一处处静静沐浴在月光下、令我动情的美景。

有一年的中秋节晚上，我去市区一处园林公园散步。那天晚上，我好像走进一处幻想中神奇的仙境。首先闯进我眼帘的是一座修缮一新的八角楼阁，楼阁浑身披挂着白亮亮的月光，庄重典雅的姿态，通体彰显着中国古典建筑的独特风韵。

楼阁上那一片片琉璃瓦，闪耀着黄灿灿的光泽，楼阁的重檐飞甍、红柱、石阶，在月光的妩媚映照下，袅袅婷婷。

我再看那片树林，亮晶晶的，眉清目秀的杨柳，像是挂上一层雪白的霜。在散发着草木味道的黑土地上，散布着密匝的树叶的暗影，像一只只黑色的蝴蝶，栖息在树阴下的空地上……

再往前，是一滩亮汪汪的湖水，在泼满月光的水面上，我倏然瞧见有两条一尺长的花鲤鱼跃然而出，在鱼的脊背上，携挟着一连串闪闪亮亮的水花,喜得我驻足遐想……

中秋节是合家欢聚的日子,每年的中秋节,在我的心灵深处,总是涌动着眷恋亲情的感觉。这一天,父亲会从菜市场买来新鲜的菜,活蹦乱跳的大鲤鱼,还有靠粮食喂大的笨猪肉。

这一天,母亲的脸上,始终绽放着笑容,我们总会吃上一顿母亲的拿手好菜——香喷喷的红烧肉焖蛋,我和弟弟会听到母亲说:"每逢佳节倍思亲,我们老两口,也在心里思念你们呀!"

当一家人吃过团圆饭,撤下餐桌上的碟碟碗碗,母亲又把圆圆的月饼摆上桌,把滚圆的红瓤西瓜切成一块块三角形,并吩咐着儿孙们多多地吃。

这时母亲也坐下来,望着贴近窗前的月亮,跟我们说:"年怕中秋月怕半,今天是中秋节,我和你父亲已年过花甲啊,每年的中秋节能跟我的儿孙吃上顿团圆饭,是我们老两口的福气呀!"

母亲深情脉脉的话语湿润着我的心,我凭窗瞭望柔情似水的月光,触景生情,"每逢佳节倍思亲",父母对儿女始终存有割舍不下的绵绵亲情。

原载《吉林日报·东北风》

2015年9月17日

四季伴

　　你驻足过我人生里一段光阴，你承载过我生活里的一段艰难历程。

　　我记得那是一个冬天早晨，一夜暴风雪染白了城市。我和你行进在海绵似的街道上，我走进商场，买所需的商品，你却在风雪交加的门外等候。我记得那年的春天，我生活一下子跌入低谷。你我去郊外，看见一只燕子像支黑色的箭镞，落在我眼前的房檐下，一会儿又飞向碧水盈盈的湖水上。我聆听到巢穴里的小燕子，不再因饥饿而发出呢喃，我看见那只燕子在湖水与巢穴间往返穿梭……

　　我又来到一束花草前，花的根须根植于一块岩石的罅缝里。花不娇艳，但开得旺盛，一朵朵像淡黄色的小星星，在枝头上绽放光彩，风吹来，它们摆动轻盈的身体，雨飘下来，它们饮一顿甜美的甘露。

　　我记得一年夏天，我怀揣"鸡毛信"上路，赶上个雷雨天，咱俩被浇得像落汤鸡。驾驶小轿车的风流男，肆意地卷起车轮下的泥浆，弄脏我新买的衣裳；候车亭里艳妆打扮的时髦女，瞪大了眼睛，锁定咱俩狼狈的模样。

一路上天空飘下的雨点，敲打在石板的路上，轻重缓急，时时不同。我感觉仿佛有欢快跳跃的音符，交响出一首歌曲：阳光总在风雨后，乌云上有晴空。

那一年的秋天，金风送捷报，人逢喜事精神爽。你回忆着生活的蹉跎，我感念着你陪伴我一路走来的辛劳。咱俩感念着、欣慰着，只有坚持对美好生活的追求，才能有劳动收获的愉悦。

我谢谢你，因为有你的身影伴随着我朝朝暮暮、春夏秋冬，我的生活，才有了如今的价值。

原载《吉林日报·东北风》

2016年4月7日

下岗以后

去年夏天，我住院疗伤，辞掉挣钱吃饭的工作。"再找份工作，挣他两年钱，过两年退休享清福。"朋友赞许我的想法。

我身子骨硬朗，总有人赞美我："你相貌青葱。"可是我想在劳务市场寻个保安岗位，总是因年龄被拒之门外。

我回到家坐在沙发椅上，一脸的愁容。妻把饭菜摆上餐桌，唤我吃饭，妻说："先填饱肚子，愁事憋在心伤气血，伤身子。"我勉强地扒拉几口饭菜，不想再吃了，妻叫我跟她下楼遛弯儿。在路上她与我说："船到桥头自然直，找工作，我支持，找不到，别着急上火，有我的退休金咱俩饿不着。"

可我想，妻退休金不足两千元，我不去找活干挣点钱，靠妻退休金会被朋友笑掉大牙，妻勤俭持家大半辈子，退了休又替我背上生活的包袱，我多愧对她呀。

妻又对我说："我指派你份活干。"我用疑惑的目光看着她，她用领导的姿态对我说："从前我是围着锅台转，这样吧，咱俩调换下，明天你下厨房，不会的菜，我在旁教你，你专心学，我用心教，一样样教会你，好吗？"

我的心呼啦一热。啥时说啥话，在外找工作，没有落脚处，待在家，学会煎炒烹炸也挺好的。年节假日，给妻做几道她喜欢吃的可口菜，补养妻的身体，增进夫妻的感情。

我喜欢在外交朋友，待在妻身边的日子，我尽量推开电话里的酒局子，妻也是懂得情理的人，有时在外有需要应酬打点的事，我跟妻澄明原因，妻就把钱塞进我手里。

有一天，我运气好，遇上位朋友，他介绍我去个地方，我按他的指引跟用人单位负责人道出我的所求，接待我的那位领导为人和蔼，听我说做过保安、有工作经验、是企业下岗职工，他说："你们是我们的上辈人，跟我父母一样，企业改制，你们这辈人为企业改制作了很大的奉献，离开坚守多年的工作岗位，还没有到退休的年龄，现在为生活奔波，四处找活干，你们肯吃苦，工作认真，讲究负责，我看你适合做公司的保安。"

我心里一阵热乎，血往上涌，梦寐以求的工作有了着落了。那位接待我的人，给我一张表格纸叫我填写，我在上面填满我的履历……

在回家路上，骚动的心，驱使我续写着又一段生活感受，那是妻与我之间的亲情，我对生活的坚守、对家庭生活的责任……

原载《吉林日报·东北风》
2016年8月25日

好孩子

在清雪队伍里,我又看到大志。他低着头,偶尔伸下腰,从衣兜里掏出块干毛巾,擦去挂在脖梗上的汗珠子。

在我眼里,大志是个智残心不残的好孩子。他没上过几天学就辍学在家,称呼人常常张冠李戴,婶子称大娘,大娘叫大姨。

然而在我心里,他却比一些智商正常的孩子还都要好。有一天,他在大街上拾到裹着一沓钱的信封和一个病历本。他心里嘀咕着:这沓钱要是自己藏起来,想吃啥就能买点啥,又一转念:这可是丢钱人的救命钱啊!他想起有一年父亲在去医院的路上,也丢过钱。这笔钱是父亲在市场上靠蹬三轮车给商家送货辛苦挣来的血汗钱,是要给他看病的。幸运的是,包裹被一个好心人拾到并交还给了他的父亲。

他手里攥着信封,也学着当年那位好心人拾金不昧的做法,凭着信封上的地址把钱返还给了失主。

如今大志已过而立,有次我遇到他,他穿一身橘黄色的工作装。没等他开口,我冲他一笑:"当上'城市美容师'了,能帮父母挣钱了,好好干工作,娶个好媳妇!"

冬天的一个上午，我上街买菜遇上他，他看我兜子重重的，伸手要帮我拎。我俩并肩行着，我问他："啥时能喝上你的喜酒？"他羞涩一笑："上个休息日，女方父母约定到我家跟我爹妈商定婚嫁的事，可惜头天夜里下了场大雪，天一亮我就上街扫雪去了。队里的工作不能耽搁，女友父母约定见面的事，只好泡汤了。"他是个智力有残疾的孩子，家庭经济状况又一般，好不容易有个好女孩愿与他喜结良缘，未来的岳父、岳母对他亦没有过多挑剔。于是，我朝他一笑："下次找个双休日，你约定双方老人聚在一块儿。如果再赶上下雪天。你跟队里领导说个谎话请假，领导也不能派个人来看是真是假。"

他反驳我："说谎的事，窝在心里不好受，再说吧，下雪天，队里多一个人就多一分力量。个人利益的小算盘谁都会算，你找个理由，他寻个借口，路上的积雪不及时清扫，造成交通拥堵，上班族、出行的市民会怨声载道的。"

那天晚上，月亮又沉入云层里。我去他家，却不见他。他母亲说："天气预报说今晚有中到大雪，他说得早点睡，明早上街清雪。"

我跟他父亲说："你儿子是个好孩子，爱岗敬业，严于律己，做人做事有个精神追求。"

我回到家时，夜空中飘洒下亮莹莹的雪花。我心里呢喃着：雪花呀，请你飘落的声音小一点，再小一点，别惊扰好孩子的睡眠……

原载《吉林日报·东北风》

2016年12月22日

亲情的味道

我临窗眺望天上绽放的一朵朵白云,妻说我痴,她顺着我的目光说:"有啥好看的?"我说:"不,观赏天上的白云,这里大有味道……"

我看天上的云朵,思念母爱的温柔。蓝天上,纤尘不染的云像母亲揪在手指上又摊在蓝色绢布上的白棉花。我想起母亲在仲秋季节里,给儿女精心制作冬天御寒棉衣裤的情景……

我深情地望着这窗外的白云,看一朵朵白云曼妙变幻的形态,萌生出幸福的味道。

说起"味道",我有一段段所闻所感。

二十多年前,每逢节假日,做儿女的,都从城市的东南西北,云集到父母身边。这一天,父亲起得早,去早市买回活鲤鱼、笨猪肉、新鲜的蔬菜水果。母亲在厨房里,煎炒烹炸一阵子,又在铁锅里,炖上一锅她的拿手好菜——香喷喷的红烧肉焖鸡蛋。

每到这一天,总能听到母亲说:"我和你们的父亲,跟儿女们在一起的日子不多了,聚一次少一次,你们常回家来看看,能跟我们吃上一顿团圆饭，就是我们老两口的福气……"

母亲的一番话，打湿了我的眼。我吃着母亲做的菜，深情地咀嚼着父母对待儿女的爱。

近两年，妻做菜没味道，我感觉吃进嘴里的菜，都像白萝卜似的。我嗔怪妻，妻说："顿顿油盐吃进胃袋子里，装多了，容易患心脑血管病，我是替一家人的健康着想。"

我静下心想，妻说得好，做得对。俗话说，"听人劝，吃饱饭"，我一日三餐吃她做的菜，等到去医院体检，血压、血脂、血糖指标都恢复了正常。

亲情是无价的，亲情是绵绵缱绻的。

在女儿家我和妻都把外孙女当成掌上明珠。为了做外孙女睡觉用的枕头，妻跑市场买回荞麦皮，给外孙女充填枕头。妻又去大商场，花高价购买山东产的棉花，动针线给外孙女缝睡觉铺盖的被褥。

妻在女儿家时，每天起床后，先把外孙女奶瓶放进锅里煮。我问妻："隔一天煮一回不行吗？"妻答："隔夜的奶瓶，生细菌，不用热水煮，外孙女再用奶瓶喝奶，会坏了肠胃。"

我去女儿家照看外孙女。外孙女喜欢欣赏幼儿读本，我头顶炎炎烈日，城里书店走个遍，买回适合她年龄段、花花绿绿的图书，教她看图识字、看图吟诗。一天外孙女午睡醒来，瞧瞧我，小手抓来枕头边的《幼儿学唐诗》，一页页地翻动着看，不时咿咿呀呀地学我昨天教会她、停留在她记忆里的诗句。我看着外孙女白皙嫩泽的小脸蛋和她快乐读唐诗的样子，心中充满了美好的憧憬……

我仍然记得童年时，父母给我们订阅《小朋友》读物，重视儿童早期教育。我的奶奶、姥姥在同我们姐弟围着饭桌吃饭时，告诉我们不要浪费一粒粮食，教会我们背唐诗《悯农》。

我记得，那个年代没有电饭锅，只用地炉子做饭。做饭时若看不好炉火，饭锅底就会结糊了的锅巴。这时，奶奶、姥姥先往饭锅里倒些水，湿润下锅巴，把锅巴先泡软了，再用小铝勺往起抠，然后填上水再煮，当顿稀粥喝。

奶奶、姥姥珍惜粮食的做法给我留下了深刻的印象。

我在女儿家，把《悯农》讲给外孙女听。有一天，妻陪外孙女吃午饭，白花花的大米饭粒子，从妻的筷头上落到饭桌上，随后饭粒子又被妻用手指头撮起来，丢到纸篓里。外孙女看到后，小脸蛋顷刻间挂上了埋怨的表情。妻正想开口问，外孙女努着小嘴巴说："姥姥浪费大米饭。"妻恍然大悟。外孙女到床上拿来《幼儿学唐诗》，手翻到《悯农》那一页，蹦豆似地说："锄禾日当午，汗滴禾下土。谁知盘中餐，粒粒皆辛苦。"

我坐在沙发上，感叹着，做长辈的要身体力行，用良好的行为习惯影响未谙世事的童心。

或许，亲人间的幸福才是生活中的真味道。

原载《吉林日报·东北风》

2018年1月25日

退休以后

我退休了,带着满心的喜悦,向一直关心我的人发布这个消息。

不用在外早起晚归打工了,用退休金享受晚年的生活,不缺吃少喝的,岂不是乐事一桩。

俗话说,当老人的不要咸吃萝卜淡操心,我不听那一套,去女儿家找了个差事,给外孙女充当个学前教育的启蒙老师。

现在的年轻父母重视子女的早期教育。我在女儿家,帮外孙女释解唐诗、诵读幼儿故事,外孙女听我讲得入了迷,放下手中正在摆弄的玩具,依在我的怀里,娇嗔地问东问西,她感觉好奇,又不懂得为什么。

一天,我给她吟唐诗《悯农》:"锄禾日当午,汗滴禾下土。谁知盘中餐,粒粒皆辛苦。"外孙女问我:"啥意思?"我逐字逐句解释,她好像听懂似的:"姥爷,小孩吃饭不能浪费粮食。"

我退休前有个读书写作的嗜好,有时在地方报刊上发点小文章,写点生活中的感受和见景生情的散文诗歌,我的老师说,写作没有捷径可走，平日里多读、多想、多写是写作成功的必经之路。我把老师的话，当作我文学写作的座右铭。

我平时早上读书，然后静下心来思考，有时晚上也读书，读累了，走下楼去一个人孤寂地仰望夜空中深深浅浅的星光，顿觉心悦神怡，同时萌生许多联想和想象。晚饭后，我上床静思默想，把活跃于脑海里人物的形象在梦中加工成亦真亦幻的生活故事。第二天文思泉涌，笔下妙语连珠——《收藏钱币的幸福》就是这样写成的。

退休的我生活内容很丰富，不仅喜欢文学写作，还爱好旅游。我喜欢欣赏自然景观，了解各地风土人情。正如文学理论家刘勰说："观山则情满于山，观海则情满于海。"

我在山海关旅游，参观山海关城墙内的小镇，品尝由明清延续至今的刘家糖糕，感受中华民族民间的美食文化。小镇南北大道的两旁，高低林立着经营各种商品的店铺，身着明清服饰的商贾，吊着嗓音，叫卖着当地人制作的工艺品、小食品。

我来到与辽宁省接壤的北大门，深情地抚摸滞留在古城墙上、当年鏖战时留下的斑斑伤痕。耳畔仿佛响起战鼓隆隆，响起了战马的嘶鸣。在那段岁月里发生的故事，仿佛在我眼前一幕幕地呈现。

我退休了，亲朋好友求我做事，我是内存十分能力，不藏半分虚假。有朋友跟我说，让我帮她外甥女找个意中人，我心知肚明，男女找对象，人品一定要把好关。身边人说破车好揽载，我当作耳边风。我总是这样想，生活中谁不求谁，帮助别人就是给自己营造良好的生存环境。

一次同学聚会，酒过三巡轮到我发言，我居然把朋友求我给她外甥女找对象的事,当成发表言谈的中心内容,同学们都愣愣地看着我。但旁边座位上有位男同学容颜大悦,他凑到我身边,唠唠叨叨一阵子,事后由我俩牵头,年轻的男孩女孩经过一段时间相处,结为伉俪。

有朋友问我天天忙什么,我说人退了休找点事情做,释放夕阳一抹余晖。

原载《吉林日报·东北风》
2019年4月13日

公交车上的小女孩

　　公交车上突现一声惊呼："坏菜了！"我顺着声音把目光移到一个六十岁开外的男人身上，原来他手拎的塑料袋破开一个洞，一汪清水洒落一地。再一瞧，塑料袋里的两条金鱼，正啜嚅着嘴，喘着气，不断地拍打着尾巴……

　　男人不停地嘟囔："这下完了，回家咋跟小孙子交差？"乘客不理解地询问。他怏怏地回答："刚在早市买的，小孙子喜欢金鱼，要一个多月了。"乘客们唉声叹气，面面相觑，都帮不上忙。

　　我前排座位上一个小女孩把头偎在她的母亲怀里，奶声奶气地要矿泉水喝。小女孩母亲从挎包里取出矿泉水，递给孩子说："多喝水好。"那小女孩又要梨吃，她母亲便又把装在塑料袋里的梨取出来。小女孩把塑料袋里的梨一个不留地倒进挎包，只留下空空的塑料袋，然后靠近母亲耳根说悄悄话……

　　女孩母亲领会了孩子的意图，赶忙叫来那个沮丧的男人。男人愣愣地看着，这时小女孩把手中的矿泉水往撑开的塑料袋里倒，男人立马醒过神来，把那两条奄奄一息的金鱼用手捞入盛有矿泉水的塑料袋中。

我看见那两条金鱼先在水里横着身子，大口大口吸着水中的氧气，又慢慢摆动着漂亮的大尾巴。那男人连声称赞母女二人帮了他的忙，救了两条金鱼的命。

女孩对她母亲说："老爷爷盛鱼的袋破了，鱼儿没有水会死掉的。动画片里说，水里的鱼儿是我们的朋友，爱护它们就是爱护我们的生态环境。"

小女孩天真无邪的话，触动着我的心弦。我在公交车上想着，人与人互帮互助，和谐相处，对自然界中的生命，我们也要付出爱心来呵护。

原载《吉林日报·东北风》

2020年4月18日

老伴儿

耄耋之年的岳父岳母，常常因生活中不值一提的小事，争论得面红耳赤。

都说"老小孩，小小孩"，但我在相关的心理学书籍中，并没有找到令我信服的解释。我听妻说，二老年轻时，岳父经常因加班晚回家。岳母却从不在岳父面前抱怨，她理解岳父的工作。岳母呢，以前在居委会工作。不管春夏秋冬，她一天也不闲着，白天忙完了工作，晚饭后，还得走东家、串西家，对发生矛盾的邻里进行劝解。

面对着那时每日为工作忙碌、无暇照料家庭的岳母，岳父也从不说三道四，两人一心一意把心思用到了事业上。

有人说，"少年夫妻老来伴，熬到白发不容易"。如今高龄的岳父岳母，却因为生活中的一点小事，你不让我，我不让你。今年夏天，岳父病重住院。大家瞒着岳母，怕她着急上火，妻更是把岳母接到了我家。一天，岳母跟妻说："想老伴儿了，不知他的糖尿病是不是又严重了。"岳母还说她做了个梦，梦见老伴儿身体不行了。妻答："我爸身体挺好的。"她不信，认为是儿女瞒着她。岳母患阿尔茨海默症，她并没有因为自己的病，就忘记了自己对老伴儿的感情。

　　不久后，岳父病愈出院了。回到家，他看见老伴儿睡觉的床没了，顿时哭闹起来。家人告诉他：旧床扔了，重新定制个睡觉舒服的新床。他问老伴儿去哪了，妻弟说："去了我姐家。"当他在手机视频里，看见岳母正在我家看电视节目时，咧着嘴笑了。妻也让岳母对着手机和视频里的岳父唠唠嗑。岳母瞧见岳父在家吃饺子呢，心里的石头落了地，满是皱纹的脸，乐得像朵绽放的花儿。我在旁跟妻说："老小孩，小小孩，平时吵吵闹闹，到有事时，还是老伴儿，老伴儿。"

原载《吉林日报·东北风》
2020年9月26日

敬老院里的"小棉袄"

我结识她是在两年前,她是敬老院的一名护理工。敬老院里的老人,听到她的名字都赞不绝口,竖起大拇指说她好,夸她是敬老院里的"小棉袄"。

"小棉袄"在护理岗位上拿到的工资跟她爱岗敬业的付出不成正比,可她不计较个人得失,一心想着怎样多做些敬老爱老的事情。

敬老院里有位失聪的老人,老人不愿与人接触,一个人躲在房间里像个闷葫芦。她想跟那位老人沟通,但不会哑语。她因此拜访哑语老师,学成后掌握了与失聪老人交流的方法。她干完手中洗洗涮涮的活儿,便走进那位老人的房间,用手势跟老人比画一阵子,老人的脸上渐渐有了笑容。老人学过剪纸。在敬老院举办的老年人才艺表演现场,"小棉袄"向院长推荐了他。于是,一张张彩纸经老人灵巧的双手,一折一叠,再用小剪刀剪掉一棱一角,惟妙惟肖的十二生肖,便活灵活现地呈现在人们面前了。老人笑了,手在胸前左右比画个不停,好像在向围拢过来的姐妹传授着剪纸的技巧,也好像在把自己收获的成就感,分享给才艺表演的姐妹们。作为推荐人的"小棉袄",心里荡漾着喜悦。

"小棉袄"说:"干咱们这行,就得付出爱心,敬老院的老人们,性格、文化、身体状况,差别很大。有人性格外向,有人性格内敛。咱做护理工作的若闲下来,要陪陪老年人唠唠他们想说的。"

她把老年人放在心上,在平时护理工作中,忙完手中的活儿,就跟身边的老人聊聊老旧的故事。敬老院里的王奶奶性格怪僻,一天不说一句话,可"小棉袄"心里放不下她。王奶奶有副好嗓子,常背着人唱上一段京剧。后来,"小棉袄"拜王奶奶为师学京剧,这样一来,王奶奶像换了一个人似的,没隔多久,这位平日里郁郁寡欢的王奶奶脸上就绽放出了笑容。王奶奶在敬老院举办的贺新年晚会上,一段《红灯记》唱段"我家的表叔数不清,没有大事不登门"受到老人们的夸赞,她的歌声把姐妹们带到了昔日风华正茂的年代。

"小棉袄"在护理工作中常说一句话:"要关心老小孩,这是咱们工作的责任。"一天早晨,敬老院里一位老人神情恍惚,给她打来的饭菜,她吃上几口就说不饿。"小棉袄"发现后对她进行询问,原来那位老人昨晚做了个梦,梦见她的儿子住进了医院。

"小棉袄"在家属电话簿上查寻到老人儿子的电话号,打通了却无人接;她又问明老人儿子家的住址,第二天休息日,她就找上了门。后来老人的儿子去了敬老院,亲自告诉母亲,说自己身体挺好的,他在给孩子装修婚房呢。老人这才放了心。

"小棉袄"通过这件事有了个想法,得到院长的同意后,她邀请敬老院老人的家属们加了她的微信好友,以便及时联系。

我说，大家称呼你为敬老院里的"小棉袄"呢，她笑眯眯地说："我也有老的那一天，我总是这样想。让他们晚年的生活过得幸福，这就是我的使命担当。"

原载《吉林日报·东北风》

2020年7月4日

英雄的舅姥爷

少年时，我崇拜英雄。一天，我在家整理橱柜，找到一张烈士证书——志愿军烈士：宋同顺。我问姥姥，你认识宋同顺吗？姥姥深情地说：他是我弟弟，一晃离开二十多年了……我看到姥姥的眼睛湿润了，眼眶里溢满了泪水。姥姥的手不断地摩挲着那泛黄的姓名。我问姥姥："你哭了？"姥姥伸出拇指擦去眼角的泪，说了声：他是英雄，是你们的舅姥爷。

我听姥姥说，早年舅姥爷经常带几个人去姥姥家的小酒馆，赶上吃饭时，他们不喝酒，只是扒拉一两碗饭，就去姥姥家的小阁楼上休息。有一天掌灯时，姥姥唤他们吃饭，走到楼梯口，忽听楼上人说：为长春的解放，我们要多做些周密的部署。姥姥虽目不识丁，可是人很聪明，等他们下楼来，姥姥装作啥也没发生似的。姥姥知道不穿军装的舅姥爷和那几位朋友是做秘不可宣的大事的。姥姥说小酒馆里发生过这样的事："你舅姥爷和他领来的朋友在小阁楼上开会。中午时我忙着招待客人，小酒馆进来两个陌生人，其中一个戴着礼帽和墨镜，两人要了四个小菜、一壶酒。我送菜时，看见那个戴礼帽的低下头、撅着腚，去捡掉在桌子底下的墨镜。那人没有衣服遮挡的裤腰处，露出一把黑森森的手枪。那人拾起眼镜，还摸了下腰间的手枪。"那时的姥姥，异常担忧小阁楼上的舅姥爷，她心里嘀咕着，你们可别下楼啊。姥姥急中生智，想了一个小妙招，她把锅里的油烧开，故意不把切好的肉放进去，引起锅里油冒烟，油烟呛得那两人擦眼睛、捂鼻子。等到锅里蹿起火苗，姥姥趁满屋的客人慌乱之际，抽身去了后屋楼梯口，冲楼上说，别下楼！火灭后，那两人无心再吃饭，和七八个客人怏怏不乐地走出了姥姥家的小酒馆。

姥姥说：你舅姥爷做地下党，我天天担心他。长春解放前一年，有一天，我刚落下窗板，就看见经常和你舅姥爷在一起的那几个人推门进来，跟我说：大姐，这阵子我们不过来了。姥姥忙问为什么。不等他们开口说话，姥姥立马意识到出事了。姥姥问："我弟弟呢？"那几个人告诉她，舅姥爷被捕了，被关押在长春军统督察处。

姥姥见多识广，心胸豁达，仁慈善良，朋友也多。她找到能帮上忙的人，先摸清底细，再托好人，送上钱，舅姥爷没几天就被无罪释放了。

姥姥说，舅姥爷出狱后，不久就回山东老家了。这一去，直到长春解放，姥姥再也没见到他。后来抗美援朝胜利了，当地政府派人到姥姥家送来烈士证，姥姥才知自己的弟弟，参加了志愿军，牺牲在朝鲜了。

时光荏苒，岁月不居。在纪念中国人民志愿军抗美援朝出国作战70周年时，我去长春市朝阳区退役军人事务局，在工作人员的帮助下，找到尘封了70年的姥姥的弟弟——我的舅姥爷的烈士档案。我眼望天空，向姥姥默念：你弟弟是中国人民志愿军第26

军、76师的一名战士，于1951年8月在一次战斗中英勇牺牲。他被安葬在他的家乡——山东省潍坊市寒亭区烈士陵园。

原载《文风》
2020年第4期

盛开的柏合

我通过朋友的介绍结识了她,她因意外导致二级伤残,但身残志不残——她叫柏合,是柏合爱心志愿者团队队长。

她在人生道路上遭遇过痛心的挫折,但她没有放弃人生的信念。她在中华优秀传统文化中,找到了自己的人生方向。她在一年除夕的晚上,许下自己的心愿——在生活中做善事,行善举。

在柏合爱心志愿者团队没组建之前,她用自己打工攒下的钱,购买生活用品看望养老院里的孤寡老人,在她的影响下,许多年龄不等、工作岗位不同的人员,加入了柏合爱心志愿者团队。

她为了减轻自己下肢残疾带来的病痛,学会了中医经络按摩疗法,自己又在经络理论的基础上,总结出一套"经络配穴位能量疗法"。她用掌握的按摩技术,帮助养老院里的老人,减轻他们身体的不适。

有一年,她经朋友推荐去了双阳区奢岭镇一家养老院。养老院里的老人们不是这疼就是那痛,她把养老院里的老人当成自己的父母,给他们做无偿的按摩服务。她不停地为老年人做按摩,有些老人心疼她,怕她累坏了身子,见到她都说自己身体挺好的。

她给老年人做按摩，手轻、嘴勤，勤问他们身体有何感觉。因为她知道给老年人按摩，不能粗心大意。她在按摩中经常累得腰酸手疼，老人们劝她歇歇身子，她总是笑着说，我是你们的女儿，为你们尽份孝心，是我应该做的事。

她带领着柏合爱心志愿者团队，风尘仆仆地来到孤寡老兵养老院，给八九十岁的老兵送去他们喜欢吃的蛋糕瓜果。在她的心中始终装着老兵们的生日，养老院里的老兵过生日，她跟爱心志愿者带上买来的生日蛋糕和生日礼物，看望养老院里的老兵，陪他们一起庆祝。

柏合爱心志愿者团队在她的带领下经常去老兵养老院看望老兵，给老兵们理发、洗脚、剪指甲。一位老兵感叹地说，我参加过抗美援朝，看到身边许多战友为了保家卫国，牺牲在朝鲜战场上，现在，和平时期的你们为了当年扛过枪的我们，送吃喝，送物品，给我们的生活带来幸福和温暖，使我们能够开开心心地活着，真是太感谢了。

"上善若水"，柏合爱心志愿者团队就是这样，他们长年累月、坚持不懈的奉献精神，使越来越多的人自觉地加入这个团队。柏合志愿者的奉献精神，为社会弱势群体排忧解难，值得敬佩。

我愿柏合爱心志愿者团队越办越好，成为春城人们心目中一座温馨的港湾。

原载《卡伦湖文学》
2022年第288期

大姐夫与叶大哥

现在老年人生活过得越来越好,一些人讲究吃,一些人讲究穿戴,还有一些人讲究游山玩水。我大姐夫和叶大哥却与那些老年人不同,他俩退休后,在小区里爱管一些"闲事"。

前几天,我去大姐家取牛肉,大姐介绍一位退休老人给我认识,我称呼他叶大哥。大姐说牛肉是叶大哥通过关系买来的,我马上道一声谢谢。

中午大姐请我吃饭,也邀请了叶大哥,酒席上,我进一步了解到大姐、大姐夫和叶大哥是怎样结为好邻居的。我大姐夫和叶大哥同居住一个小区,是有了名的爱管事的好人,家里人冷嘲热讽说他俩爱管闲事,可他俩却说:生活中管人家的闲事,是人帮人,是在做好事。

这个小区里凡是一楼的居民,窗前都有一块菜地。大姐家菜园里的蔬菜,在大姐夫精心莳弄下,长势喜人。有些人家种蔬菜不懂栽培技术,长出的秧苗不是趴在地上蔫巴巴的,就是根腐烂掉了。大姐夫在小区里遛弯儿时,看到谁家的菜地里秧苗打蔫,不管跟人家熟不熟悉,也要主动帮人家诊断原因。他告诉人家要往地垄沟里浇水，不要浇到垄台上，浇到垄台上会伤秧苗的根。

大姐夫喜爱养花，有人叫他"花博士"。他对小区里人家养的花，都能叫出名字来。什么花可养在居室里，什么花在居室里摆放影响身体健康，他都能说出缘由。大姐夫对玫瑰花也非常了解，大姐夫家中的玫瑰花开了，我问大姐夫玫瑰花象征的意义，经过大姐夫的介绍，启发了我赞美玫瑰花的写作冲动。于是，我写成的一首诗——玫瑰最有情，郎君心内藏。七夕来临日，送我一生香。这首诗后来发表在《吉林日报》的副刊——《东北风》周刊上。

叶大哥与大姐夫是好朋友，我听大姐说，今年小区暖气给得好，多亏了叶大哥。大姐说，叶大哥是名老党员，在政府部门刚退休，叶大哥主动地为小区居民的取暖问题，去供热部门进行沟通，问题很快得到解决。我向叶大哥竖起大拇指，对他的做法由衷地赞赏。

大姐夫又介绍起叶大哥为小区居民做的另一件好事。头些日子，供水部门在没有下发停水通知的情况下给小区突然停水，造成小区一千多户居民生活的不便。许多居民给相关部门打电话，打不通电话的人急得团团转，打通电话了电话那边又没有人接听，气得打电话的人不断地骂街。叶大哥又去找供水部门，并向供水部门反映小区因停水给居民生活带来的诸多不便。如果叶大哥不去找供水部门，说不上小区居民还会等多久了。

我起身给叶大哥和我大姐夫各敬满一杯酒，大姐夫和叶大哥说："退休人，没啥事，为小区居民做好事，岂不是晚年生活的一种快乐。"我敬慕二位老人，在平凡的生活中寻找看似平凡、实际不平凡的事做。

原载《文学天地》
2022年第6期

我眼中的大学生

我在一家手机店里见到他，那时，他刚考入高中。他父母去手机店给他买手机时找我帮忙。我与他父亲是同学，私人关系挺好，我跟他父亲说，这孩子五官、体态、性格都不像你，眼睛像他母亲。当时的我，并没有把对孩子的看法跟同学全盘托出，生怕当面触伤孩子的自尊心。我心里的看法是，同学的儿子不善言谈，老实得跟售货员说句话都脸红到脖子根。

过了几年，这个孩子考上了大学，我问同学考上哪所大学，同学说吉林大学，我说，孩子有出息，孩子没有让你们老两口操太多心。

同学说，孩子的学校离自己家非常近，大礼拜天孩子也不回家，他给孩子打电话才知道，孩子利用双休日给学习欠佳的同学辅导课程。同学在电话里小声地跟我说，儿子不忍心看父母在外打工为他挣学费，所以自己刻苦学习，成绩总是名列前茅，在同学们的心目中是个学霸。休息日孩子不回家，给同学补习课程，用酬金填补上大学的学费。孩子跟他说："我已经长大了，自食其力了，不能再拖累父母亲了。"我直夸他儿子是好样的。

新年翌日的夜晚，朋友打电话告诉我，他打破自己多年来不喝酒的戒律，儿子过年放假回家，他下厨炒了几道菜，和老伴痛痛快快地喝了一瓶啤酒。我问他今天有啥高兴的事，他乐呵呵地说他儿子入党了，在这之前他和老伴一点都不知道，过年在一起吃饭时，他儿子才把入党的事告诉父母。我也高兴地说，在学校能入党，真是品学兼优的好学生，真了不起。同学呵呵地笑着说，真没想到老实的儿子大学毕业前就加入了中国共产党。我跟同学又说，今天我跟你说句实话，那年，你和他母亲领孩子找我帮孩子买手机，我看你儿子太老实了又不善于表达，我还真为他担忧。同学说，他跟老伴也没想到儿子会有出息。

俗话说："三岁看到大。"我不信，"人不可貌相，海水不可斗量"。用发展的眼光看待孩子的成长，孩子在成长发育期间，一方面，接受家长言传身教，另一方面受到良好的社会风气和生活环境影响。这个同学的孩子如今即将大学毕业，他成长的过程使我深深地感悟，孩子的自立、自强、对美好理想追求的精神，是改变一个人人生道路的法宝。

原载《文学天地》
2022年第6期

茶　说

　　在我国幅员辽阔的疆土上，有五个产茶区域。这五个产茶地区的茶叶，各有不同的特色：著名的有江北的毛尖、毛峰，浙东的龙井，江南的碧螺春、铁观音、大红袍、苦丁茶，西南的君山银针、竹叶青、普洱茶，台湾地区的冻顶乌龙。

　　特殊的生长环境和特殊的种植方法，会直接决定茶的滋味。

　　福建的武夷岩茶——大红袍，生命力极强，喜欢生长在陡坡的岩石开裂的地方。这种茶含有丰富的矿物质，是其他茶叶无法比拟的。别看它形体粗糙，口感却甘润醇厚，有一种大山中岩石的味道。

　　洞庭山的碧螺春，在种植方面也有它的特点。它在花果树之间并行种植，所以，这种茶叶在冲泡前后都携挟着轻微的花果香味。

　　由于采摘时间和加工手法的不同，茶叶的外形和口感质量也大相径庭。

　　四川峨眉山地区的竹叶青，在采摘时段上有套说法：三天前采摘是宝，三天后采摘是草。竹叶青采摘时间在早晨四点左右，趁着雾气还未退去，摘取大米颗粒大小的嫩绿芽头。这时段采集的茶，经过细心的手工制作，口味最鲜嫩清爽。

云南的普洱茶分为自然发酵和人工发酵的。发酵时间越长，茶叶内在的酶香味越发醇厚。如果你煮上一壶，那凝重、典雅的汤色，饮进口中的滋味，让你不由自主地有所遐想……

同一种名称的茶，质量并不相同。

西湖龙井、浙江龙井，卖家都说它们是龙井茶。其实，在茶的质量上二者有很大的区别。西湖龙井的外形扁、光、平、直，茶体上无茸毛，色泽绿润。茶叶被水浸泡后，一般是一芽一叶或一芽二叶，芽叶整齐，茶汤翠绿略透米黄色，入口后醇香甘甜。而浙江龙井外形宽扁，芽头带茸毛，色泽黄绿或暗绿并有暗斑，入水后，汤色茸毛较多，饮到嘴中，回味略泛苦。

一些茶叶的名称，也有着一定说法来历。

安徽歙县境内的黄山毛峰，银毛披挂，芽片一端形若尖峰。它又生长在黄山附近，所以通常被人们叫作黄山毛峰。

北方有多人偏爱茉莉花茶，这种茶是把含苞欲放的茉莉花朵采摘后，放进加工的茶坯下面。按照窨制加工的方法，使茉莉的香气浸透茶叶的本体内，人们喝起来，既有茉莉的清香味，细品品又有茶的味道。

不同的茶类，要使用不同的器皿和不同的水温来冲泡，以达到品味的最佳效果。

沏泡绿茶应使用开水回落后80℃–90℃之间的水温，用玻璃或陶瓷制成的器皿。而乌龙茶、铁观音，隶属半发酵青茶类。茶的形状是在制作中揉捻而成的，沏泡时必须使用100℃的水温，把茶叶放在紫砂壶里冲泡。在慢慢舒展的叶片上，就会散发出缕缕的暖香。饮上几回，天然的茶香，会使人精神愉悦。

闲暇时，沏上一壶茶，细心地感受一下沁进鼻腔内的茶香，品口中的茶味，咽下令人舒适的茶情……

原载《吉林日报·东北风》

2008年3月27日

卖茶与写诗

20世纪90年代末我下岗失业了，迫于生计，我干起了茶叶生意，在生意之余我也进行了诗歌创作，并在一些报刊上发表了作品。我多年的梦想变成了现实，回想起来，我的诗歌创作也是循序渐进的过程。

我喜欢想象，春天的花开，夏天的蝶舞，秋夜窗前的虫鸣，冬天里天空散落的雪花，都令我浮想联翩，心中的愉悦感滋润着我对生活的憧憬，心里也萌发了一种用诗歌表达情感的念头。

我喜欢怀旧，闲暇时，喜欢模拟一个自我陶醉的场面，抒发一个莫名的相思情调，在缓缓的回想中，重新感受着被时间凝固的、有悲有喜的那段生活。我的古体诗《老宅》《望古城》就是在怀旧心情的驱使下写成的。

我喜欢不耻下问，不管被咨询方与我的年龄差距有多大，也不管对方与我的关系是深还是浅，只要是自己有所求，我就挖空心思地去提问，从不顾及脸面。我写的诗歌《山雾》就是在接触一位去过峨眉山的年轻人时，通过他对峨眉山简要的介绍，才有了创作的灵感。

我还喜欢忏悔，忏悔当年我没有听父亲的话好好学习，忏悔我年轻时碌碌无为，也忏悔那许许多多个饮酒虚度的美好夜晚，我在忏悔之余迸发了强烈的学习热忱。我是在职学习，形形色色的困难和障碍，没有削减我学习的劲头。经过三年的努力，我很好地掌握了文学写作相关的知识和文学写作技巧，也学会了用文学审美的视角，把生活中的感受，用不同文学体裁表达出来。从此，许多歌颂祖国大好河山和抒情写意的诗歌相继问世。

通过诗歌创作，我对文学写作有了灵动的感觉，写作过程就是我用平和的心态，在世间万物中浮想联翩。一缕缕文思按照心想的要求，牵着情会着意，配上抒情达意的语言，组成和谐的相关内容和情节，烘托出一个个清新的意境，在娓娓的抒情中，陶冶着情操。

我也把写诗歌融进生活，因为下岗失业心中有太多的烦恼，我整天幻想着有一个好的生活，好的心情，但现实的生活，使我感慨万千。有时我想卖上一斤茶叶，饿着肚子跑了几十里路也不见收获，只好披着清凉的月光，失落地返回家中。每次遇到这种情况，或在骑车的路途上，或是回到家里，我都会用诗歌来消解心中的郁闷，曾写下了："行车至家门，倦体换尘衣。心中无笑意，幸亏有贤妻。"

由于卖茶叶，我也学会了品茶、喝茶，并经常在品茶时写诗，在茶兴中捕捉灵感。暖暖的茶香，心悦神怡的感受，会把纠缠不清的文思梳理得井井有条，诗中的情、画中的意，伴着惬意的心情油然而生。

我和诗歌创作有良缘,我经常用诗歌的形式抒情达意、平衡心态,在创作中期盼着明天的心情更顺畅,明天的生活更美好。

原载《吉林日报·东北风》
2009年1月15日

不一样

我在市内一家农村信用社当保安。一天,大厅里闷热得很,窗外更是热浪灼人,我肌肤里沁出的小汗珠儿,瞬间聚拢成大汗珠子在脸颊上面尽情地画着山水。难以忍受的我,在心里计算着下班的时间。

忽然,工作大厅的窗口里向我投来一句亲热的招呼:"刘哥,给你一瓶矿泉水。"说这话的是这个所新上任不久的于主任。

我略带感激地说:"你们喝吧。"他脸上挂着诚挚的微笑,用不可推辞的话语说:"他们都有,这是特意给你买的,因为都在一起工作。"我不胜感激,望着瓶子外凝满霜气的矿泉水,心里泛起一股暖意,驱走我身体上燥热的感受,一种惬意的心情也油然而生。我喝着清凉解暑的矿泉水,脑海里浮现出一桩往事。

那是一家物业公司,在三伏天里,我在楼外门岗亭值班,还有一个同伴,我俩被炽热的阳光灼烤着,在无奈中缓慢地数着一分一秒,渴望天空上有块乌云替我们遮挡一下喷火一样的太阳……

这时，物业公司大门里走出一名工作人员，我与他打了一声招呼，不一会儿，他捧着一个硕大的西瓜，从我们眼前大摇大摆地走过，我和另一个同伴心里在想，一会儿物业人员会给我们送来几块爽口的西瓜，那可真是雪中送炭、解燃眉之急呀。我们耐心地等待着……

不大一会儿，物业公司敞开的窗户里传来一阵阵的欢声笑语，我去楼里洗手间，从敞开的门旁走过，屋里的人瞧见我连个招呼也不打，办公桌上布满了西瓜皮，还有切好的令人垂涎欲滴的红瓤西瓜。物业人员每人手里都拿着一块西瓜，享受着暑天里吃西瓜带来的身心清凉的感受。

我回到岗位上，自己给自己一颗"定心丸"，和同伴说："谁叫咱们不是人家的正式职工呢！"

事隔多年的今天，也是在大热天里，一声热情的称呼，一瓶润喉解暑的矿泉水对我触动很大，说我受宠若惊也好，说我感动也罢，我还是感受到，在今天的工作岗位上，获得了做人的尊严。

原载《吉林日报·东北风》
2010年10月28日

童年纸飞机

儿时，我特别喜欢折纸飞机。做完作业，我就在父母的眼皮底下，忙碌得不可开交，不大会儿工夫，一架架大大小小的纸飞机，就在我稚嫩的手指间制造出来了。

我想，在天上飞得比较缓慢又十分平稳的应该是大客机吧。于是，我用一张大一点的纸，折叠一架又一架大飞机，用蔚蓝色的蜡笔，在飞机的机身上写下——中国民航。在我手上起飞的也有小飞机，它翅膀窄而短，头部尖尖，我用手向天空一抛，小飞机敏捷地腾空而起，就像在人们头上掠过的真战斗机一样。那时，我立志长大后当一名飞行员，当一名飞机设计师……

年前，我陪同年轻孩子的家长，去一家儿童玩具店购买玩具飞机。我跟他径直来到摆满各式玩具飞机的橱窗前。在精美的包装盒子内，静静地停泊着一架架用途不同、机型各异的玩具飞机：有蓝白相间的民航机，有暗灰色的歼击机，有鼓起大肚子的远程运输机，还有身着迷彩服的武装直升机……

如果你对飞机有一定的了解和爱好，你会惊喜地发现凡是真飞机应该具备的装置设备，这里的玩具飞机上也都应有尽有。如果用一句话来比喻，那就是——麻雀虽小，五脏俱全。

还有的飞机，在机头两侧熠熠闪烁着机关炮，炮管里喷射出仿真火焰；也有的飞机，在暗灰色的机翼下方，隐藏着空对地导弹。朋友相中一架新款的直升运输机。售货员热情地拉开橱窗，取出那架飞机。我看她用纤细的手，拆开盒子的一端，又小心翼翼地拿出一架制作精巧、形象逼真的玩具飞机。我的目光跟随着售货员，看到她手持一柄遥控器，按下一个按键，遥控器前端的红灯瞬间一亮。在柜台的平板玻璃上，那架直升机由慢而快地转动机身上方的螺旋桨，飞机随着螺旋桨转动，慢慢升腾而起，在我们的头顶上表演了左右盘旋、俯冲又爬高的动作。

售货员又用食指触摸手中遥控器上的一个按键，告诉我们说："我要让飞机提升飞行的高度……"话音未落，那架正在我们头顶上盘旋飞行的直升机，好像一位以服从命令为天职的军人，我看到飞机把机头向上昂起，在三尺柜台前，做了两米高的飞行表演……我和朋友简直都看呆了！

新时代的儿童玩具真是让人惊叹！

原载《吉林日报·东北风》

2012年3月1日

茶叶与茶情

我喜欢喝茶，经常去市内多家茶馆泡茶。有时独自一人，有时也约上二三朋友。

在茶馆里，细品着茶碗里沁出的淡雅的茗香，聆听着古筝丝弦上飘洒来的高山流水明亮悠远的琴声，一阵阵滋润心田惬意的感受，真让我心悦神怡，心中的烦恼和困惑烟消云散……

宋朝皇帝赵佶，在《大观茶论》中写道："茶之为物……中澹闲洁，韵高致静。"也就是品茶获得意境在于静，喝茶人心愈静而思之明，心灵得到净化，洞察世间万物则会偶发灵性，顿悟自然界和社会生活中蕴藏的奥秘。

我喝茶习惯于静，在静中获得作诗的灵感。因为喝茶宜静，我能在恬静中萌发创作的动机，触景生情，产生灵性的火花。

于是，我静心去想，一脉山峦，山上有葱郁的树木，山野里缥缈着淡淡的云雾，有一道破开云雾冲下山来的瀑布。山脚下有一汪湖水，有栖坐湖际边的钓鱼翁。我的脑海中又涌出山野日出的情景：我想喷薄欲出的红日，从地平线上探出一弯橙红的光环，柔润的光环像妙龄少女的红唇，亲吻着晨曦中的天际。我又浅浅地啜上几小口茶，然后，我又慢慢地舒展开思路，再三品味，自觉得欣慰。于是，我书写下——"日出红唇吻天边"。

一天上午，我去一家茶店，卖茶人与我相识多年。他向我推荐一种上品的龙井茶。他把茶置入玻璃壶具中，嫩绿的扁平形体的龙井茶，一片片舒展在清澈的水中。连体的一叶一芽，仿佛在同一时间绽放在壶水中。店老板给我斟上一碗沏好的龙井茶，我在茶案旁，慢饮细酌。先前在我心里装着的烦躁情绪，逐渐地平息下来，文思有条不紊地在我心中慢慢苏醒。

我领悟出：喝茶使人心静，人可在静中泛起思绪，萌发灵性，顿悟人间百态奥妙，构筑人与自然和谐美好的生活。

原载《吉林日报·东北风》

2012年4月12日

清明随想

许多年前，我跟姐姐曾经背着母亲，在清明节前夕，捧出父亲的骨灰匣子，在旷野上，焚烧一张张泛黄的草坯纸……

那些卷着黑色焦边的、碳化的大大小小的碎纸片，像落进墨汁里又迅速挣扎飞出来的蝴蝶，去啄人的面颊……

打心眼里说，我跟姐姐也不情愿年年的清明上街买来一沓沓黄纸，接受着烟熏火烤的折磨折腾一上午。每次我们回到家就赶紧洗漱，换上干净的衣裤，端起饭碗狼吞虎咽地安慰辘辘饥肠。

母亲不迷信，思想开明的她认为：人死如灯灭，长辈人过世了，晚辈人要尽心完成长辈人生前的心愿，在生活中努力去做善事，告慰故去的亲人在天之灵。

母亲还认为，儿女们要尽到孝道，不要在老人生前不孝，老人闭上双眼后，女儿又嗷嗷地乱叫。

母亲是有文化的人，她说："生活中有些人，去趟老人家，买上一大堆吃的喝的，堆满父母的厨房。外人眼里乍一看，多孝顺的儿女，其实不然，随后几个月也抓不到他们的影子，你找他们，他们说，工作忙，也不知道在忙啥……"

母亲的心愿是：儿女有时间常回家看看，跟父母拉拉家常话，老人喜欢精神上的慰藉。在老人重病缠身时，儿女要多在老人的病榻前待上一会儿。

俗话说得好：百善不如一孝。儿女要孝敬父母，回报父母的养育之恩，给自己的儿女也做个好榜样。

我们姐弟五个，每年清明节相约去息园祭扫母亲。我把母亲的骨灰盒，从铁架子上的格子里小心翼翼端下来，放在平稳的凳子上，姐姐掏出白手帕，仔仔细细地擦去浮在骨灰盒上淡淡的灰尘，待我把母亲的骨灰盒放回原位，姐姐把两株花束摆在母亲骨灰盒两旁，又随手掏出录放机，播放一段母亲从前喜欢聆听的歌曲。我们心情起伏，回想着母亲生前快乐的往事……

我们用文明祭祀的方式，悼念母亲在天之灵。

原载《吉林日报·东北风》

2014年4月17日

春风暖人心

每到周四这一天，不管家里家外有多忙，我总是抽出时间，展开《东北风》。

我钟情于《东北风》，因为它题材广阔，阅读它，好像置身于大千世界，进行一场场赏心悦目的旅行；在泛香的字里行间，知晓许多逸闻趣事。我心里，时常有文学写作的冲动，一直揣着文学之梦。自从与《东北风》结缘，我如鱼得水，摇身一变成了《东北风》写作天地的幸运儿。曾记得，去年立春过后，我怀揣两篇稿件，战战兢兢走进《东北风》编辑部，我把稿件呈到编辑老师手里，一篇是散文《拾荒人》，一篇是格律诗。我站在一旁，偷看审阅我稿件的老师，期待着他能抬起头来，绽放温暖的笑容。

老师先把那篇格律诗瞄了一眼，放回桌子上，又拿起那篇散文，看了一阵子。老师让我坐在沙发上，我心里感觉一阵舒坦。老师站起身，我立马凑上前，等待着他的评价。老师先把放在桌子上的稿子递给我，和蔼地对我说："写格律诗要掌握好字句之间的平仄关系。"接着又对我说："'拾荒人'，改成'小区里的拾荒人'吧！"这样添加了一个定语，具体了人物的活动场所，让我眼前一亮。

老师没有当着我的面对这篇文章做出最后的裁度，但从他为我更改的题目，我断定《小区里的拾荒人》肯定能有发表的机会。果然，那篇文章后来变成了铅字。

这篇文章的发表，激发了我的写作热情。之后每写好一篇文章，我都乐颠颠地走进《东北风》编辑部。每次送去稿件，老师都热情地接待我，我也坦然地向老师请教。老师告诉我，写作不要急于求成，要循序渐进，语言要靠读书累积，写什么要有感而发。他还说，文学写作没有捷径可走，只有多读书，勤琢磨。

近年来，我与《东北风》的情感与日俱增。去年中秋，我写了《月照中秋》，得到了编辑部老师的表扬，说我的笔有了生活的重量，说我的文章写出了对中秋月的依恋之情，写出了浓浓的亲情，真挚而感人。

感谢《东北风》，它给了我人生圆梦的机会。我要把有限的生命，根植于《东北风》这片生机勃勃的文化土地上。

原载《吉林日报·东北风》
2016年1月7日

收藏的幸福

　　闲暇翻阅人民币收藏册时,我好像走进时间的隧道,又一次重温岁月里的苦与乐,重温亲人给我的情与爱。

　　第一套人民币我没有收藏;第二套人民币,我有"火车头"贰角纸币一张,壹分、贰分、伍分硬币若干枚。

　　看到壹分硬币,我耳畔响起了:"我在马路边,捡到一分钱,把它交到警察叔叔手里边……"这是我少年时常挂在嘴边的歌谣。当时的一分钱,能买回一碗大酱。全家人围着饭桌喝口粥,咬口玉米面饼子,拿起一截葱白,蘸上碗里的大酱,乐呵呵地放进嘴里咀嚼。再说"火车头"贰角,旧历三十吃午夜饺子前,父母亲让我们先给奶奶、姥姥拜个年,祝愿两位老人新的一年里健康快乐,随后,母亲从抽屉里取出泛着油墨芳香的一沓新纸币。我们姐弟五人,他们四个从母亲手里分别拿到十张壹角,唯我除外,我拿到五张贰角,因为我喜欢带火车头图案的贰角。

　　有一年临近春节,我跟母亲去银行兑换新纸币,作为我们过年的压岁钱。母亲从衣兜里掏出五元钱,恭敬地递给窗口里的阿姨。阿姨嗔怪道:"临近年关了,贰角没有了。"母亲急红了脸,又对柜台里的阿姨说了一阵子好话,最后那位阿姨不知从哪弄到五张贰角递给了母亲。后来我知道了母亲为何要向那位阿姨求助——阖家欢乐的日子,她怕我不高兴。

当我翻阅集钱册看到第三套人民币中那油汪汪的拾元时,两行热泪溢出眼眶。那年,结婚后的我仍跟父母住在一块儿,而弟弟亦到了结婚年龄。退休的父母便做起了手工艺品的活计,早起晚睡,一针一线地为儿女挣翻盖新房屋的钱。老两口省吃俭用,积攒下"大团结"五千元。那年秋天,两位花甲老人用他俩辛劳挣来的钱给两个没房住的儿子,在破旧老宅的基础上翻盖了三间红砖大瓦房。

我又翻阅到第四套人民币,那百元纸钞,诉说着当年我参加工作时的情景。那时我和妻子的工资拢到一起,还不足二百元。女儿尚小,看邻居家有电视机,十分羡慕。

那年代有电视机的家庭屈指可数。若要买电视机,让女儿看上动画片,我俩就得在生活费上节约。掐指头算:起码得积攒一年的时间。

父亲来了,正赶上女儿让我领她去邻居家看动画片。父亲看在眼里,劝我女儿听话,说等爸爸开工资有了钱去商店给她买台电视,在家愿看啥就看啥。

父亲临走时问我哪天休息,我说:明天休。父亲说他第二天上午来,让我在家等他。

第二天父亲来时,从衣兜里掏出了五张百元大钞,吩咐我去商店选台电视。我接过父亲手里的钱,心里一阵酸楚,想说的话,哽咽在了嗓窝里。坐在床沿上的父亲拉着女儿的手说:"你爸今天去商店,给你抱回台电视机,你在家愿意看哪个动画片都可以。"

我又翻到第五套人民币，回忆我下岗时的困扰，感受着骨肉同胞血浓于水的情义。那时候，女儿考上大学是件喜事，可交学费的事却难住了我。亲朋好友借了个遍，可借来的钱得还，为还债我跑遍城里的用工市场，但也没寻找到打工的岗位。彼时的我急得像热锅上的蚂蚁。弟也是下岗在家，他女儿正读初中，弟的朋友给他找了份卖茶叶的工作。他把这生意让我经营，半年光景，我就把供女儿上大学东借西凑的钱还清了。

我卖茶叶也有打退堂鼓的时候。弟鼓励我："做啥事，开头难，销路打开就好了。"我听弟的话，寒冷的冬天，骑台自行车，在路上东一家、西一家地卖茶叶。晚上到了家，倒上温水泡脚，脚后跟隐隐作痛，抬起脚，方知脚跟部裂开了血口子。我同弟说，弟说我："皮肉受点苦，涂上冻伤药膏，能把养家的钱挣到手，痛苦亦是甜。"

有时客户打电话要买上等茶，我手中钱短缺，无法进货售卖。我向弟借一二百元钱，弟把他的困难生活补助费借给我。弟说："别因为缺钱上货而违背了你对客户的承诺。"

我轻轻地合上了钱币收藏册，眼里噙满了泪水，心里一阵阵荡漾着昔日生活的酸甜苦辣，感受着我今天生活中的幸福……

原载《吉林日报·东北风》
2018年4月19日

我的小板凳

  小板凳承载了我儿时的一段记忆。夏天里的阴凉地上，大杂院里大爷大娘、叔叔婶婶，三三两两围坐在一起，摇着蒲扇，嘴不闲着倒出张家的酸甜苦辣，唠起李家的柴米油盐。

  大杂院里的房子一家挨着一家，蒋家炒个鸡蛋，能把王家二小子馋出口水来。谁家生活中有点难事，只要肯说给门前板凳上老人们，难事就没了。

  赵叔叔外出买菜，找不到钥匙，让窗下纳凉的宋大娘照看下家门，赵叔叔买菜回来，宋大娘告诉他："你刚走，来个男人找你，三十多岁，瘦高个头，说是你朋友，我问他有啥事，他说晚上来。"

  生活中别人的闲事，现在很多人不愿管，可只要那时的长辈耳朵里听到了，眼睛里看到了，都会责无旁贷去担当"民事调解员"。

  大杂院里谁家婆媳之间闹别扭，夫妻感情不和睦，父母打孩子，板凳上的老人心眼好，关上门把你拉到一边，嘀咕一通，再把他扯到一旁三言两语，最后把矛盾双方叫到一起，晚辈人跟长辈人道歉，男人向女人认个错，家庭生活中滋生的矛盾就没了。

粮食不够吃是那个年代的普遍现象，陈大娘家半大孩子多，口粮常常撑不到月底。陈大娘家揭不开锅的事被大杂院板凳上老人知道了，于是刘家送一瓢高粱米，杨家送一碗苞米面，救济陈家老小。

如今大杂院不见了，夏天板凳挨板凳的风景，同那时的老人，一起随着岁月流逝了。

今天的老人住进高楼里，出门谁也不认识谁，常见面的老人在楼道里遇上说上几句不咸不淡的话，各奔自己家去。

一部分老人看到一些生活栏目，会回忆起从前的往事。他们在阅读昔日生活的故事，重温远去的岁月。那时人与人用真挚的感情相互帮扶，不求回报。

如今一些退休老人，闲时聚在社区老年人活动室里，以琴棋书画为渠道，从陌生的邻居变为志同道合的朋友。

还有一帮老人，不管春夏秋冬，晚饭后在小区的空地上，在音乐伴奏下，不是唱歌就是跳舞，他们不愁生活的吃喝，就是让自己有个健康的好身体，不给儿女添麻烦，更给自己带来快乐。

生活好起来，人们眼里的风景，与那个年代有了天壤之别，但我依然忘不掉儿时平凡生活中，他们乐善好施、乐于助人的美德。

我搬了几回家，家里的旧家具扔掉了，唯独外人不屑一顾的小板凳，我把它当作宝贝留了下来。

我有时拿着小板凳走到楼外，找个有月光的地方坐下，回忆着小板凳记录下的我少年生活中的故事。小板凳是我人生价值观形成的见证。

原载《有声美文》

2019年7月17日

由风筝说开去

　　小时候常放风筝。风筝是纸做的，把竹条削成竹签，做风筝的骨架，骨架糊上纸，就是简单的风筝。拴上线，一只手拿着线轮，一只手牵着风筝，迎着风来的方向跑，风筝飘过头顶，悠悠然飞上蓝天。

　　那时我看小朋友放风筝，先是惊，后是喜，再后是自卑。人家有风筝放，不如自己有只风筝在天上飘。

　　20世纪90年代，先富裕起来的家庭安装了电话。我是工薪一族，家里没安装电话。我家邻居是做商品批发的，单位给我配备的呼机一响，我便去邻居家借电话打。我的妻子是做美发的，邻居家的女人经常找我妻子给她做发型，因此，我去他家打电话很随意。

　　有一次，别在腰上的呼机响了，是单位领导呼我。我去敲邻居家的门，门里的男人让他的孩子跟我说："我家电话坏了。"门外的我知道门里的人是在搪塞我，顿时脸上一阵发烫。

　　后来我家安装了电话，电话方便了我生活中的通信。一天，朋友打电话求我做件事——他的孩子要上重点小学。我去该学校找领导，三番五次，领导都不在。于是，我在家用电话联系校方领导。妻子看我电话打得多，跟我打嘴仗，怪我浪费电话费，我置若罔闻。几天后，校方领导打电话告诉我，孩子上学的事办妥了，我把好消息告诉了朋友。

少年时，我喜爱读书，读的书都是借来的。随着年龄的增长，我开始去书店买书读。一年，市里举办图书展销会，弟媳妇给我几张购书优惠券，我用优惠券和我平时积攒下的私房钱，在人头攒动的书摊前，买了很多名人名著。

书是我离不开的恋人，王维《渭川田家》描写了夕阳照耀下的平静山村，深巷里归来成群的牛羊，老人在门前张望，等候放牧归来的子孙。乡道上，扛着锄头回家的农民，三三两两，不是说麦苗长得好，就是说今春的蚕要丰收。

我喜欢诗歌里诗情画意的生活，也喜欢散文描绘的风景和人物。朱自清的《春》讴歌的是春天：春天像是刚落地的娃娃，从头到脚都是新的。朱自清写春，不拘泥于写景，他写一群孩子在青草地上踢球、放风筝，写乡下的农民在田间劳动。

我写了一篇春天的散文，写的是在洒满阳光的湖面上，漂着一只小船，船上人摇动着双桨，一会儿把桨停下来，手伸进塑料袋掏东西，往水面上扬。当他把船靠在岸边，我走上前问他，他说春天到了，鱼儿游上水面寻觅吃的，他往湖水中撒鱼饲料，为了湖里的鱼繁衍生息。

他的做法和他说的话，打动了我，我像赞慕春天一样，赞慕他善良的行为。

又是一年春光好，在放风筝的季节里，我买来一只大蝴蝶风筝，把风筝放飞上蓝天，这感觉真好，就像使用自己的电话，读自己喜欢的书一样。

原载《参花》

2020年2月总第909期

车棚朋友圈

我居住的小区里，有个存放自行车的铁皮棚子。现在生活水平提高了，车棚里没有了自行车，自行车车棚前，经常有七八个老年人，聚在一块儿谈天说地，分享世界各地的奇闻趣事。

我退休后有时闲着没事儿，也扎在他们中间，听他们聊天。他们都是六十开外、七十挂零的人，与我年纪相仿。他们挂在嘴边的话，时常引起我的注意与兴趣。有时，我也给他们起个话题，发表几句看法，逐渐和他们互生了好感。

人熟为宝。以后我出门经过车棚，他们见到我都会打声招呼，或者告诉我社区又发布了什么新消息。有一天我在家看电视，按下插排开关后，电视下端电源指示灯没亮，我摸不着头脑，便去车棚前询问。一位李姓的大哥说，你把电源插头先拔下来，再插上看看；不行的话，你再查看电视机机身侧面的电源开关，看开了没有。

我回到家按第二个方法操作，果然，电视下端的指示灯亮了。我一边看着电视里的节目，一边心里不住地想：假如我和他们没有前一段的交往，我不可能带着疑问去问陌生的他们。我只能找来修理电视的人，人家动动手指，我就得给人家工钱。

　　我感到人活着就得与人交往。我们有一张嘴，嘴的一个作用是吃饭活命，还有一个就是在生活中与人交往，在交往中解决困惑，收获快乐。闲暇之余，我更常去车棚前溜达了，既给自己增添新鲜的生活乐趣，也给自己营造一个退休后享受生活、交流快乐的空间。

原载《晚情》
2020年6月28日

不一样的秋菜

民以食为天，大自然成熟的果实正是人们生活所需，人的生命隶属自然，自然是人的衣食父母，滋养了一代代人繁衍生息。所以，我欣赏秋天里的丰收。

我记得几十年前的十月中旬，秋白菜上市，定点卖菜的副食职工，从早卖到晚，还常常挑灯夜战。

那时，去城郊菜地拉白菜的车是市属企业单位受所在地街道政府的委派，开车的司机临时受命，没有加班补助待遇，职责是为当地街道服务。

居民拿着所在地居委会开的购买冬储菜的证明，在规定的地点进行购买。男人女人、半大孩子，在排队买菜的窗口前，紧裹着身上的棉衣，双脚不停地跺着地面，一双双眼睛，焦急地等待拉白菜的车。

终于等来了。车子一停稳，人们一窝蜂冲上去，七手八脚帮助卸白菜。一会儿工夫，卸到地上的白菜又被码上秤板，当白菜被称完，大人孩子齐上阵，把菜往大小推车里装。

那时，家家人口多，大白菜是冬天里的主菜，家家都买千八百斤的。白菜买回家,往房屋上摆,往窗前码放。太阳公公一露脸,晒白菜的邻居见面都会互相问:"你家买了多少斤?"

那时我还是少年,上房摆白菜是我的差事。我站在房顶上四处张望,张家房上大小瓦片的格式,王家房上遗留多年的旧物,我都感到挺新奇。那时的孩子见识少,上房摆白菜成了我的一项乐趣。

俗话说,霜降变了天,霜降前,一部分白菜被人们装进大缸里腌酸菜,剩下的在屋里找个不碍事的墙角码上垛。

那时冬天里,百姓的菜篮子不像现在这样丰富多彩。冬天的北方,千里冰封,万里雪飘,人们只能吃当地种植的蔬菜,不像现在,随时可吃到暖棚里种植的蔬菜。

那时,自然条件把人们的生活局限在小天地中,过着有啥吃啥、没有攀比欲的生活。

如今人们都搬进了楼房,少了存储秋白菜的空间。菜农们在暖棚里,采用新的种菜技术,新鲜蔬菜,一年四季在菜市场上都能买到。老百姓的生活水准提高了,鱼、肉、蛋、禽被搬上了餐桌。年年上市的秋白菜,多数家庭买几颗,是为了换一下胃口,为了唤起对当年生活的回味……

原载《劳动新闻报刊》

2020年11月30日

回忆小学时光

年近古稀，总能想起儿时上小学的情景。那时的孩子，把上学当成一件新鲜事儿。早晨七点，邻居的王二小，唤着李家的小二黑，"快走呀，上学快迟到了"。

男孩子斜背着帆布的小书包，女孩子肩挎着母亲用花布缝制的布书包，书包里装着四方形的汉字本，长方形的文具盒。

那时的教室在冬天要生地炉子取暖。学生都穿着棉衣、棉裤、棉鞋听老师讲课，教室的窗玻璃上凝结着厚厚的窗花。

夏季的校园，杨柳依依，蝴蝶围着花朵飞来飞去。下课时，老师带领着我们围坐在柳树下，玩着丢手绢的游戏。一名学生拎着花手绢，悄悄地放在小朋友的身后，老师会告诉拾起手绢的小朋友慢点追，别跌倒了。

上课的铃声响了，老师拉着队伍前面小朋友的手，师生鱼贯走进教室。看大家坐好后，老师翻开语文书，给我们绘声绘色地讲孔融让梨的故事。

那时的老师更像一位柔情的母亲，学生的铅笔头写字磨粗了，老师发现后一边用小刀削铅笔，一边跟学生说，"小心划破了手"。

那时不像现在教室这样多,学生全天都能上课,我们当时分上午和下午课。我记得临近中午老师先把学生写的课堂习作收集到讲桌前,再把作业题发给准备放学回家的学生,并吩咐学生要认真地做题。

放学时,老师让全班分男女生排成两队,手牵着手往校门外走,不断地告诉我们路上注意安全,直到我们的身影不见了才回去。

第二天,我们在教室里上课,老师把前一天批改的课堂习作发给每位同学。同学们的脸上都洋溢着一种期盼,盼望着自己的算术、语文本上,能盖上一枚鲜艳的红旗或腾空而起的火箭。

当老师把课堂习作发给我时,我一页一页地翻,一面面红旗、一支支火箭出现在我的眼前,喜悦的神情写满了我稚气的脸颊。老师看我高兴的样子,拍拍我的肩膀说,"好好学习,天天向上"。

那时的小学生,跟现在的小学生一样,烙印在心里的、挂在嘴边的一首歌是——我们是中国的儿童,我们都是少年的先锋……

原载《劳动新闻》
2021年1月25日

生活与健康

公交车上,我习惯用平静的心情聆听车上乘客互道的家长里短。

如今老百姓说话的内容多是有关身体健康,还有什么蔬果可以吃,什么工作可以做,总之追求的都是健康。

有些人生性不善说,有些人所谓"贵人语迟",或生怕口舌生是非。有一次乘坐公交车,我听一位乘客跟他的朋友讨论"健康是福"的话题。

两个男人都已近花甲之年。那男人说,你站着说话不腰疼,谁不想养个好身体,你胳膊粗力气壮时跟我诉苦,给老板跑物流,活忙时,你顾不上吃晌午饭,晚上回家吃个饭锅底朝天,长年累月,伤了脾胃,落下个缠身的胃病,那时你把健康当作人生大事了吗?被数落的男人只说了一句:"那时在外一心想挣钱,干活儿供子女上学,让家庭生活过得好些。"

现在老年人谈论身体健康是很常见的,但手机微信长篇大论健康宣教,令人生厌。我微信的朋友圈就犯这个毛病,老张把他养生的高谈阔论发给老李,老王把他的保健秘方告诉给老赵,真好像"忽如一夜春风来,千树万树梨花开"。

不同的人生阶段，有着不同的生活内涵，不同的工作岗位，有着不同的工作性质。朋友圈里有位常讲健康的朋友，他的话匣子一旦打开，不管你是老中青哪个年龄段的人，也不问你从事什么工作，遇见你就三句话不离本行地跟你兜售。五谷杂粮营养身体，做什么工作不透支身体健康。

　　毋庸置疑，在生活节奏加快的今天，人不能完全按照预防生病的清规戒律过此一生。人在生活中，有责任，有担当，有追求，才会有人生价值。生活中有些事就该先舍去一部分，才能实现你想要得到的那部分。

　　退休老人注意身体健康，无可厚非。生命的余年有个好身体、享受生活的美好，是当今时代人们在满足物质需求基础上，向享受精神生活的跨越。

　　人活着，应该承担家庭生活和社会生活的责任，人活着，应该成为社会生产的栋梁，向家庭和社会播撒正能量。

原载《参花》
2021年2月总第945期

打折空调

我与妻商定开春在卧室安装空调。朋友见怪,不知我与妻葫芦里卖的是什么药。

去年夏天,女儿家安装空调,我与妻跟女儿去了市内一家大型商场。大热天,这家商场空调热销。女儿相中一款空调,售货员说,卖空了,现只剩下一台样机。女儿说样机谁愿买,正说着,一位顾客走过来,围绕着那台空调样机端详了一阵,问售货员打几折。售货员说,不打折,那位顾客一愣:"样机不打折?"售货员说,这台陈列的空调被顾客订购了,定金都交了,这个款式的空调库里没货了。女儿问:"那你们商场为什么不到生产厂家进货?"那位售货员镇定自若地说:"这个款式的空调机,生产厂家规定,在一个城市里只委托一家大型商场做销售代理,我们商场这款式的空调卖空了,你们想买的就得等到来年。"

我与妻和女儿又逛了几家大商场,不仅那个款式的空调没找到,卖空调的营业场地,挂在墙上的、立在地上的空调机,都取消了打折。一位跟女儿熟悉的售货员像透露机密似地跟女儿说,家用空调,春天买能享受七八折的待遇。

买空调，谁不想既达到凉爽目的，又节省腰包里的钱？

今年开春，我与妻和女儿来到去年没有买到空调的商场，女儿一眼瞄上她去年相中的那款空调，啥都一样，价格上给打八折，我们三个人异口同声地说："买一台，省得三伏天大人孩子受罪。"

我跟妻怕伏天里闷热的天气，早就打算在卧室里安装空调，我和妻一商量，确定在这家商场里再买一台空调。

妻跟女儿一说，她们忙着选合适的空调，我忙不迭地去商场附近的银行取钱，我和女儿买的空调机，商场都按原价位的八折收款。我把我和女儿的家庭住址、联系电话，告诉了售货员，售货员又告诉我们送货的日期，并告诉我和女儿，他们商场将派专业人员登门安装空调。

家中安装了空调，我萌生了感想：生活好起来了，挣来的钱，就应该用于生活。钱来自于生活中的劳动，人们也应该把劳动挣的钱，用于生活的享受上。我还有个感受，在商场里买贵重商品，咨询要周全详尽，围绕要买的商品多去几家商场做下走访，遇上相识的行内人，会做你的参谋，又省钱，又达到目的。

原载《江城晚报》
2021年3月5日

红眼病

突如其来的眼疾，害得我半月没能出门。宅在家里书不能看，在手机屏上还不能爬格子，怎么办？只能平躺在床上，每隔一小时往眼睑上滴药水和抹药膏。

我是被妻传染的。一天她去小区外洗浴，去之前眼睛好好的，第二天就说眼睛不舒服，照镜子细观察，眼睑成了火烧云。我陪她去一家大医院，眼科医生借助仪器诊断，说她患上红眼病。医生给开了两瓶眼药，一瓶是药水，一瓶是药膏。

妻每天上药，上药时吩咐我在她跟前，拿着她平时化妆的小镜子，她对着镜子全神贯注地往眼睑上滴眼药。

双休日后，妻的眼病好了，我的眼睛闹起来了。人呀，患上小病也闹心，为这，我与妻打起了口水仗。我说，你的病传染给了我，她争辩着说，你一天哪儿都去。我沉下心来想，病这东西，得上了，不能怨这怨那，我怪罪妻，没有确凿的证据。我还是顾眼前已发生的——我为控制病情去了医院。结论跟妻子一样——红眼病。

对待红眼病，我不再去争执是谁传染了谁，谁都是无辜的，大千世界，人海茫茫，万物众生，人都可能会犯个毛病，谁也不知道谁惹上啥病。

我不与妻争是谁传染谁，只管听医嘱按时上药。俗语说：病来如下山猛虎，病去如剥茧抽丝。

我静躺在床上，想起朋友老李心脑血管的病，想到同学老王身上的皮肤病。思来想去，觉着人身上的病与人和人接触有关、与人吃的有关、与身体抵抗力有关。

我躺在床上养病，足不出户，人在小世界里生活也挺好，有人说："上帝给你关上一道门，定会给你打开一扇窗。"真是这样。从前我看到谁有病，嫌弃人家有点病怎么那个熊样，现在我改变了看法，谁身体惹上病，谁难受。一些人，身体暂时没病，不能说一辈子不得病。俗话说：人吃五谷杂粮，哪有不生病的。

我这次患眼病，牺牲了读书、写作以及外出活动的时间，得到的却是思想的升华。

原载《江城晚报》
2021年3月13日

秋日肉飘香

秋天来了,早上出门,空气中的肉香味儿直往我鼻孔里钻,我问身边人,他说今天立秋。

我小时眼巴巴地盼着这天,北方的民俗,立秋吃猪肉,抢秋膘。

这天,大人小孩都能吃上一顿肥美的猪肉炖粉条。这天,母亲把家里那口黑铁锅放在火炉上,倒进油,把油烧热,再把切好的猪肉块放入锅里,火炉里一条条火舌,不停地舔着锅底,一会儿锅盖下的铁锅里发出扑哧扑哧炖肉的声响,锅沿的四周冒出香喷喷的肉香味,馋得我直流口水。

那些年,全家人吃顿肉,是种奢望和幸福。那时肉凭票供给,每个季度发到每户人家的肉票,得计划着节省使用。

那时许多人家会去副食店,买猪身上的板油,因为花上一斤肉票,能买到二三斤板油,买回家把它切成小块,倒入铁锅里,炼出猪油后,再把缩成黄色焦状的"油梭子"捞到小盆里,掺进剁碎的白菜,就能包成玉米面菜团子。

那时逢年过节去副食商店,人们都抢着买三指宽的五花肥肉。买回家切成一寸大小的肉块，放入铁锅里炖，把肉炖熟了，盛在大碗里，夹一筷头子，放进嘴里，油汪汪地香。

现在生活好起来，可无论老少，一日三餐都挑选清淡的饭菜吃，人们都避免大鱼大肉，不像过去，吃顿肉像过个年。

生活水平提高了，人们餐桌上的食材丰富了，肚子里不缺少油水，日常饮食向着营养清淡转变。

还有不少人讲究吃素，参加酒宴，餐桌上清淡的菜被吃得干干净净，剩下的都是大碟小碗里的肉。城市里的超市星罗棋布，猪肉摊前买肉的顾客好半天才过来一个，卖肉的嘴不闲着，脸上堆着笑，朝走进来的顾客热情地打着招呼，"大爷大娘，大哥大姐"叫着，劝他们买几斤肉。

社会发展了，人们生活幸福了，立秋吃猪肉，不是为了解嘴馋，而是传承民间流传的风俗，"立秋吃肉抢秋膘"无非是为了博个身体健康、无病无灾的彩头而已。

原载《劳动新闻》
2021年9月13日

晒 被

我曾读到一件趣闻：美国人居住的小区有公约，不允许晒被褥，不仅小区里，就是独门独户的自家小院，也在规定之列。

以前我居住的大杂院里，老百姓习惯把自家的被褥拿到阳光下晒，晒去被褥里的潮气，使被褥里的棉絮蓬松柔软，晚上睡觉盖在身上，整个身体也感觉舒适。

大杂院里，家家户户的门前都扯拉几根长长短短的绳子，遇上个好天气，绳子上搭满新新旧旧的被褥。有些人家的被褥干干净净，有些人家的被褥又脏又臭，尿臊和脚臭味直往人鼻孔里钻，开窗开门的邻居，有怨又奈何不了。

赶上个礼拜天，各家的女人把朝阳的地方扯满了绳子，把炕被、床被、一家人所有的被褥，晒在绳子上。绳子上的被褥挡住邻居家的窗户，尤其是几天的阴雨过后，艳阳高照，居住地房的居民，盼着阳光射进屋内，带走阴湿的潮气。我记得，邻居间经常因这件事，闹个半红脸。满院子，东一横，西一道，挂满褥被的绳子，遮挡住来往人们的视线。

后来，棚户区的拆迁，使千家万户的老百姓从祖辈居住的地房走出来，搬进花园似的小区。居住条件的改观，带来生活方式的改变。人们住进了楼房，不仅室内通风条件好，采光条件也好，如果感觉被褥不舒适，把晒衣架放在朝阳的大玻璃窗前，将被褥铺展在上面，晒它一天。哪像住地房那些年，各家各户的门前，搭在绳索上七扭八歪的被褥，影响观瞻，污染生活的环境。

  近年来，人们物质生活水平的提高，带动吃穿住行条件的改善。城市里的小区，不再有支杆子、拉绳子、搭晒被褥的现象。人们正在自觉地改变着生活环境。

原载《参花》
2021年总第964期

新 巢

  我家窗外竖立着三棵老杨树，三棵老杨树上各挂着一个喜鹊的鸟巢。
  春天里，我经常喜欢望鸟巢里飞进飞出的喜鹊。一天，我用望远镜看到鸟巢里，先是有两个小脑瓜儿探来探去，接着是一只大喜鹊飞出巢，飞向远方。紧接着，又有一只大喜鹊扑棱下翅膀跳出了巢，它没有飞走，而是站在巢上，像个守护神，守护着鸟巢里两只小宝宝不被外来的鸟类惊扰。一会儿，飞走的那只喜鹊用尖尖的喙衔着一只小昆虫，落在鸟巢边上，把嘴里的小昆虫，塞进一张朝它张着的小嘴里。接着，它又飞走了，很快又衔回一只小昆虫，放进另一只小鸟的嘴中。这一幅生动的画面，让我心生感念：那给小喜鹊寻找食吃的鸟妈妈，还有那只在鸟巢上守护小喜鹊安全的鸟爸爸，它们默默地奉献着父母之爱。鸟爸爸是慈祥的一座大山，呵护着小喜鹊生命的安全；鸟妈妈是慈爱的一条大河，维护着小喜鹊身心的健康。
  在另一棵树上，有两只大喜鹊忙碌地拆除卧在大杨树上的鸟巢。两只喜鹊用它们灵巧的喙，先是叼走鸟巢上面的硬枝，接着再一口口地叼走编织在鸟巢上细长的枯草。两只喜鹊拆除完自己的老窝，又忙碌地在远处搬运来散着花香味的木枝藤条，还有挂着晶莹雨滴的鲜嫩蒲草。两只喜鹊的喙，像少女手中的钩针，把一截截木枝用青翠的蒲草编织成一个建在高枝上、耀眼的新居。

窗外杨树上还有一个喜鹊的鸟巢，脸盆似的大。一天我正在睡午觉，突然被窗外喜鹊的大嗓门惊醒。匆忙望向窗外，只见两只大喜鹊一路追撵着另一只惊慌失措的喜鹊。那只被追撵的喜鹊，在天空中慌不择路。我急忙披衣下楼，几位花甲白发老人，手指向杨树枝丫间破洞的鸟巢说：那两只喜鹊从它们的鸟巢里刚飞走，就又飞来一只喜鹊。它瞧一下鸟巢，接着用它的喙，像择鸡毛似的糟蹋那两只喜鹊的家。树下的老人正在纳闷，飞走的两只喜鹊又飞了回来，目睹自己的家园正被不速之客摧残，厉声怒吼着扑向那只喜鹊。两只喜鹊轮番撕咬它，只见那只喜鹊身上的绒毛被围攻得四处乱飞。我抬头看挂在树杈上凌乱的鸟的绒毛，由衷地赞扬那两只喜鹊遭遇外敌入侵，敢于捍卫自己家园的勇敢精神。

我家窗外竖立了三棵老杨树，发生在三棵树上三个鸟巢的故事，带给我的感受颇深。它们是一道自然的风景，更是一部值得人们研读的自然教科书。

原载《通化日报》
2021年9月25日

鸟儿啁啾

看书累了，我走下楼去，在小区里遛弯儿。在我经过的树木旁、草地边，一只只小鸟，悠然自得地在我眼前蹦蹦跳跳。小鸟们没把我当作他们的敌人，而是歪着小脑瓜，瞧上我几眼后，若无其事地在湿润的树阴下，在含着露珠的草叶间，寻觅着食儿。

一天，我听朋友说：他的邻居猎杀树上的小鸟，被拘留了几天，我说：对他这样滥杀鸟的行为，处罚是应该的。

鸟是人类的朋友，它带给人们春天的信息，它给山河土地带来生命的活力，人们应该爱护它。从前，保护鸟类的法律不健全。一些人擅自闯进林区，拉上捕鸟网，一只只活蹦乱跳的鸟儿，被无情的网挂住，失去了自由和生命。

近年来禁捕禁猎的法律法规，大快人心，那些把鸟当作摇钱树的，没有了交易的市场。不管是山区，还是平原，不管是农村，还是都市，鸟都多了，鸟与人和谐共处。

我走在街上，不时地有小鸟伴随我左右，像蝴蝶、蜻蜓一样，绕着我飞来飞去。

在青黄不接的季节，一些好心人怕鸟儿饿肚子，在自家的窗台外，在小区栽植的树木旁，摆放一小堆、一小堆黄澄澄的谷粒，招来小鸟觅食。在公园里、湖岸边、栈道旁、桥栏上，有人一把把撒着金黄的谷米，像爱护自己的孩子一样爱护鸟。

爱护鸟儿，等于爱护自己的生命；保护鸟，就是保护我们人类赖以生存的环境。

原载《长白山日报》

2021年9月18日

晚年的风景

四十年了,弹指一挥间,同学分别后相聚,大家已不再是风华正茂。大家惋惜地感叹:咱们都老了。

"岁月带走了我们的青春年华。"老了就要坦然接受,没事的时候读读书,写写稿,旅游,访友,再练练书法。优雅完成晚年的美好时光,也是一件幸福的事。有时间再抱抱孙子,享受天伦之乐,最能体现我们价值的还有当个马路志愿者,替年轻人分担点负担,岂不快乐。

我敬重我的祖母和外祖母,她们晚年曾经用古诗词丰富了每天的生活。几个老年人聚在一地,你一句,我一句,还成立了诗词小组,教孩子们背古诗,写诗词……我祖母、外祖母心地善良,手脚勤快。那时吃肉吃鱼,得凭供应票购买,两位老人为子孙能够多吃上一次鸡肉,她们在房檐下用砖头垒起一个鸡舍。两位老人在厨房灶台上,粗粮细做,为一大家人,蒸出香喷喷的地瓜面甜馒头。

那时的老人没事儿,坐在一块唠起东家长、西家短的事。他们从不说自己老了,腿脚不灵便了,而是只要发现邻居家夫妻闹别扭，就去劝说，化解夫妻双方的矛盾纠纷。老人们夏天坐在板凳上纳凉，有谁心里装着解不开的疙瘩，他们听说了，引经据典，像讲故事似的把你窝在心里的为难事解释得明明白白。

我记得我父母退休那年，正赶上改革开放。好日子的到来，让无数老人一下子年轻了许多。他们有的重操旧业，开起了食品加工厂；有的摆个地摊，卖起日用小商品；有的租间临街的门市，挑起个酒幌子，开起个小饭店……在改革开放的年代，这些老人真是"八仙过海，各显神通"。

人老了，心不老。坦然面对晚年的成熟和稳重，也是一道亮丽的风景。

原载《四平日报》
2021年11月26日

流量写作

　　那几年，我的手机没有办理流量套餐。朋友看了说，人们都在使用手机微信，都什么年代了，还在用老年机发信息。我自责，生活应该跟上时代发展。

　　今年春天，移动营业厅打来电话告诉我，公司推出活动，每月交59元，送30G流量，再赠500分钟通话时间。于是，我办理了此项手机业务。

　　我的手机使用范围限于接打电话，收发微信，看看朋友圈，偶尔用手机与亲朋好友视频。

　　我把手机当作写作的平台，看风景、逛街市，把在生活中看到的，又在脑海中形成的感想用手机记录下来。前些日子我乘坐公交车，看见一位老人拎着两条金鱼，装金鱼的塑料兜破了，兜里的水漏了一地。两条金鱼在没有水的兜子里挣扎，老人一脸的无奈。我前排座位上的小女孩看见了，忙从她母亲的拎兜里取出一瓶矿泉水，又把装水果的塑料兜倒空，让母亲招呼身边那位老人。老人走过来，小女孩让母亲用手撑开塑料袋，她把那一瓶矿泉水倒进去，随后，她让老人把困在塑料兜里两条奄奄一息的金鱼捞到盛满水的塑料兜子里。我看见小女孩拯救两条金鱼的场面深有感触，正如那个小女孩跟母亲说的话：鱼儿是我们生活中的朋友，爱护鱼儿，也是爱护我们生活的地球。我把这件事情和小女孩说的话，以《公交车上的小女孩》为题，即兴写在手机上。

我使用手机流量，手机流量帮助我。今年，我把一篇散文习作发给我的老师审读，他发现了我写作上存在的问题并告诉我：写散文的一个方法，就是发现生活中的新鲜题材，并在新鲜的题材中，提取个人独到的见解和感想，这叫作避俗写生。我写了一篇散文《车棚朋友圈》。

我使用手机流量，读网络上的经典散文。我拜读作家冰心的散文《小橘灯》。通过冰心对笔下几个人物和细节的描写，我感受到那个乡下贫苦小姑娘心灵的善与美，读懂了小姑娘做成的那盏小橘灯象征着人民心中的希望，小橘灯也是黑暗中的光明和胜利之灯。

我使用手机流量，手机流量成就了我的流量写作。

原载《绿池》
2021年第37期

晚年情

早晨我去菜市场，一位老翁用两只手牵着老伴的两只手，像大人牵着自己的小孩手，耐心地看着对方一步步学走路。我看在眼里，心里想着，少年夫妻老来伴，人呀，身子骨不中用那天，老伴才是自己的贴身拐棍。

前些日子我与同学通电话，问她的腰腿病好了没。她无奈地说："上班时做下的病根子，退了休，病都找上门来了。"我说："人活着都这样，年轻时透支健康养活家，退休了，人有了病，儿女工作忙，得靠老伴。"

我俩谈起了老伴，她夸起自己的老伴，生活上只有她想不到的，没有老伴对她照顾不到的。她说，老伴为她腰腿的康复，四处讨药方，还学会了穴位按摩。天气晴朗的日子，她想在小区里晒太阳，在健身器材上伸伸胳膊，活动下关节，跟楼前楼后的邻居聊聊天，就扶着楼梯自己下楼。老伴担心她发生意外，每次都背着她下楼。我问她的腰腿病状况，她说，恢复得挺好的，这病全靠养，全靠老伴的照料。

老伴之间也有一方不理解另一方的。一位朋友把我叫到她家,向我倾诉她坐轮椅的老伴气不顺就骂她。在家里骂她,她装听不见,但总在公共场合骂她,使她丢面子。一天,她推轮椅下楼去,让老伴逛逛超市散散心。可是老伴在超市里因为点小事,在众人面前开口就骂,她满眼含着委屈的泪水,在众目睽睽下,推着怒气未消的老伴往家返。她跟我诉苦:她悉心照顾老伴,老伴不但不念他们夫妻一场,反而对她以怨报德。她边哭边倒着她心里的苦水,我劝她,有病的人心焦,没病前,他努力为家庭能过上好日子而奋斗,挑起生活的大梁,现在因病生活不能自理,心里的想法无法实现,他心里的怨气,只能冲着你发泄。

  我又去劝她老伴:俩人一辈子风风雨雨都闯过来了,人到老年身体哪有不生病的。你坐轮椅失去了行走的自由,放在谁身上都很难受,不过还好,生活中有个相濡以沫的老伴在身边,呵护着你,跟同样坐轮椅、没有老伴陪伴的病人相比,你是幸福的。他听到这话,脸颊上泛起了笑容。他知道,老伴的付出源于多年的夫妻感情。如果没有老伴在生活中细心的关照,失去自理能力的他,该有多难?如果花钱雇护工,生活上只能听人家的摆布,心里要是不痛快,冲人家发脾气,人家可不吃那套。后来,朋友打电话告诉我,她老伴不再动不动就跟她发脾气了。

  俗话说:"百年修得同船渡,千年修得共枕眠。"当今社会,长大后的子女都有自己的家庭和事业,腾不出太多的精力和时间照料居家的老人。老年人一旦有了病,还得靠老伴形影不离的照顾。关照自己的老伴,由心出发,是亲情的释放,也是夫妻之间应当履行的责任。

  有病的老人在伺候自己的老伴面前,不应该揣着年轻时的功劳册,居功自傲乱发脾气。

老夫老妻要相互尊重，相互理解，相互包容，相携相助，这不仅会让自己的生活更加和谐，儿女们看着亦是高兴。

原载《参花》
2021年4月总第974期

老　趣

上个月同学聚会，见面的开场白都是："咱们老了。"老了就老了，头发白了，牙齿掉了，青春年华从每张脸上溜走了。虽说大家一见面都在感慨，可是这话往深一唠，我们才发现现在的生活到底有多开心。

现在的老年人"老有所养"，生活不犯愁了，党和国家关注老年人养老问题，城市退休职工的工资，年年按百分比基数增长，老年人用自己的退休工资，可以做到自己养老了。全民医保制度也为老年人看病、住院治疗减少了后顾之忧。老年人乘公交、坐地铁还都享受免费待遇。

退休后的老年人，他们追求"老有所用"，心甘情愿地为孙辈做贴心的保姆。他们在儿女家照看孩子，比他们年轻时照看自己的孩子更有耐心。这些老年人，嘴上说些抱怨的话，可实际上无怨无悔。还有些老年人，退休前在单位重要技术岗位上工作，退休后，又被单位返聘，再次实现价值。另有一部分退休老人，在家待不住，总想找个活干，于是，他们找到街道社区，奉献自己的一分力量，做个为社会服务的老年义工。

在老年大学、文化馆和艺术馆里,还有一批追求"老有所学"的老年人,学习跳舞唱歌、书法绘画、朗诵写作。我问他们,他们说:我们学习不是打发老年的时光,而是把年轻时的兴趣爱好找回来。在这里学习,为着有个精神的寄托。老年人有个健康的爱好,可延缓身体衰老的速度。

生活和居家环境好了,老年人饭前饭后,在花草林木间遛弯儿,坐在长条木椅上,跟老兄弟、老姐妹们唠唠生活中的家长里短,柴米油盐。还有老年人一早一晚在公园的湖堤上放声歌唱。在公园的门前,一些老人挥动着老胳膊老腿,跳起健身的广场舞。

现在的老年人各有各的爱好,也有大把的时间去做自己年轻时想做却又没时间做的事。我和老伴喜欢旅游,去南京乘船游了秦淮河。我在游船上向船老大租来一件灰色绸缎大衫,一顶黑缎礼帽,一副无框眼镜,脚穿黑缎面平底鞋,反剪着手,立在舱前甲板上,让老伴拍摄夜游秦淮河的录像。老伴拿着录制完的录像给我看,录像里流动的风景,一幕幕映入我眼帘。夜幕中挂着一轮滚圆的月亮,暗黑的河道两侧,矗立着的是鳞次栉比的河房,有的河房楣板上挂着商铺的牌匾,亮着一排排、一串串小红灯笼。有些水中的河房,在半开半遮的门窗里,透射出淡橘色的暖光。在河面上有一条亮着灯光的乌篷船。这条船刚从古石拱桥那端摇过来,船前坐着一位白衣青裤的少妇,她双手抚在一把木琴丝弦上,和着琴弦上飘落的音符,吟唱着动人的江南小曲。我在录像中找到自己身穿长衫、站在船舱甲板上的影像,好似一位在夜幕中怀着闲情雅兴观览秦淮河夜景的富家书生。

如今迈进老年门槛的人,抱怨自己老了,没有年轻时的朝气了，这是无奈之举，可人老心不老，是老年人正确对待自己、对待自己生活的一种认知。人类社会的发展，社会生活整体水平的提高，政府对老年人越来越多的优惠政策，促进"老有所养，老有所用，老有所学，老有所乐"。老年人要珍惜夕阳下的时光，从容快乐地过好每一天。

原载《参花》

2021年4月总第975期

换位思考

近日乘坐公交车时，刚上车不久，就看到过道里两位头发花白的老人，与司机打起了口水仗。

当时的我不知司乘之间为何事而争执不休，司机开着车，嘴也不闲着，一直顶撞、斥责着身后两位老人。

我做双方的调解人，一面规劝开车的司机，甭和老人争个是非曲直，一面劝说两位老人消消气，甭跟年轻人一般见识。

在双方不停的争吵中我才知道，老人划卡时因为耳朵背，没听见卡机验证，又多划了一次。

司机看老人的身后还有一些乘客在等待着上车，耐不住性子，便与老人争吵了起来。司机说倚老卖老等伤害老人自尊心的话，惹起两位老人的斥责。我听说后对司机也很不满，觉得司机职业道德欠佳。

当前社会越发重视老年人过得好不好，政府发放老年人免费乘车卡，体现国家对老年人的关心和照顾。老年人行动不方便，眼耳不聪敏，是老年人身体功能的退化。谁都有过青春年少，年轻人看不惯老年人的生活习惯，是不对的。

因为道路拥堵，公交车停了下来，我站起身，冲着司机说，谁家都有老人，年轻人看不惯老年人的地方，压一压一时涌上心头的烦躁情绪，想一想你家年迈的母亲，如果她出门在外，遭受年轻人飞来的白眼和冷语相讥，你什么感受？司机没吭声，好像也在反省。

我又转过头去跟两位老人说，甭再生气了，气坏了身子，还得去看医生，劳累儿女们。车上人听我一说，也都长一句、短一句，为老人送去宽心的暖语。老人的情绪平静下来后也在自责，哀叹着说："人老了，耳朵背了，净给年轻人添麻烦。"老人说着说着，眼泪掉下来，我忙走到老人身边说，权当司机是你的孩子，大人不念孩子错。老人说："你说得对，我当时很生气，气在司机说我俩倚老卖老。我俩没偷没抢，也没依仗年纪，难为年轻人……"

公交车到了另一个站点，司机从驾驶室走出来，站立两位老人眼前，毕恭毕敬行个礼，承认自己出言不逊的错误，劝二位老人别生气，说他家也有老人，他也有老的时候，又说，公交车为老百姓服务，他没有为二位老人尽职尽责，实在对不起。司机赔礼的话，感动了老人，老人说，你们整天在街上跑线路，谁都有个心不顺的时候，我们上了年纪的人，耳朵听力差，这也不能全怪罪你……一场风波在换位思考后平息。

古语有："己所不欲，勿施于人。"世上没有纯粹的感同身受，但换位思考能让人学会理解。

人与人相处，难免会意见不合。人生的很多争执与困惑，往往都是因为只站在自己的角度看待问题。眼光不同，对待事物的看法不同；境界不同，对待事情的理解不同；立场不同，面对事情的思考不同。

　　说话做事之间，不妨试着换位思考一下，将心比心，学会理解和体谅，能避免很多矛盾的产生，能使人际关系更融洽，社会关系更和谐。

原载《长白山日报》
2021年12月29日

染发剂的启示

我拿着新买的染发剂,去同学的理发店剪头、染发。谁料头发染完我才发现,染成的不是黑而是棕黄色。

对此事,我不恼火,因为过错在我。我在超市商品架上取货,因购物心切,只看商标,没有看染发剂的颜色。

这件事,不该发生我身上。我做事向来心细,对生活中不懂的事,非要打听个水落石出。我做事即便有充分的把握,也要留个"后手",这与我之前的工作有关。

我在超市里买染发剂,买错了颜色,忙中出了错,同学怪我说:"买染发剂不长眼睛?"同学的话说得对,同时也刺激了我。我眉头一皱,一股怨气涌上心头,想找那家超市的营业员问问:我买染发剂,为什么不跟我说明白颜色。心又一想,得怪自己,心忙不长眼睛。我从自身上找毛病,不能用"甩锅"的形式,把自己的过失推给超市营业员。

我从买错染发剂开始联想。在超市里买商品,要沉住气。推着购物车,把逛超市视为一次生活中的旅游。把自己当作一名游客,东瞧瞧、西看看,心想着买什么,不懂的又想买的,就问营业员。逛超市，买生活用品，不是赶火车，怕晚点坐不上车。在超市里购买商品，也是一种生活的休闲，人在休闲中购物是生活的乐事。

当今快节奏的生活已成趋势。青年上班族，孩子由双方老人照看，他们早上起床洗漱完，煮碗方便面，驾车一溜烟上班去了。下班到了家，吃父母做好、已经摆上桌的饭菜，父母问，昨晚吩嘱的事今天办了吗，他却说，工作忙忘了。有位朋友说，青年人忙，不知在忙啥。还有人说，一些青年人是忙，接送孩子上下学，孩子放学后，还得马不停蹄送孩子上各种辅导班……

上班族工作忙，忙的是在新形势下，为国家、为人民工作的责任心。在新时代的生活快车上，他们全心身地动起来、忙起来，避免掉队下车。

现在的退休老人，生活节奏慢，学会慢生活，无可厚非。他们在生活中行走要慢，脚下要留神，不留神会跌跟头，给儿女添麻烦。老年人在超市里买吃喝，看好保质期，买生活用品注重商品质量，花钱买来的商品要派上用场。老年人生活上要细心、静心、开心，更要拥有一颗爱心。

我从买染发剂买错了颜色，联想到不管青年人的快生活，还是老年人的慢生活，都不能一刀切，不能一边倒。快生活，慢生活，都要遵守生活的具体细则和客观规律。

原载《白城日报》
2022年2月22日

和为贵

我去一家面馆吃饭,点了一个砂锅面,慢慢儿吃,吃得锅里的汤都没剩。

我叫老板娘买单,她笑盈盈地问吃得怎么样,我说味道挺好的。我没有马上离开座位,而是抽出餐巾纸擦汗。一名服务员走过来,五十岁开外,怼了我一句,真能吃。我想反驳,话到嘴边停住了。

我小时听老人说,人与人说话不能挑字眼儿,有些人说话不加考虑,不经意地溜出来,跟这样人咬字眼地较真儿,打起口水仗实在不值得。

我觉得人与人接触,尤其是经常来往的朋友,都会有把不住嘴边话的时候,稍不留神的话溜出口,有朋友就往歧义上理解,越想越偏离了说话人的宗旨,于是,朋友之间因一句话的歧义撕破了脸。

但也有人不是这样,我在一次婚宴上遇到过这样两个人。一个人酒喝多了嘴上没有了把门的,说另一个人,你退休金开得比我多,有啥可美的,工资开得多,不如活得年头长。这句话不怎么好听，可另一人却心平气和地说，你说得有道理，生命长与短，人生无定律，现在人活的是生活质量。这个人说的话，避免了争执的发生。

常言道，忍一时风平浪静，退一步海阔天空。说的是在某些事情上不能不饶人。在针尖对麦芒的情形下，你不服他，他也不饶你，水火不相容，争来斗去，双方给彼此的关系设立了一道墙。

无论现在还是过去，交一个人难，得罪一个人很容易。人与人打交道，相识是缘，交往是心与心之间加深情感的桥梁。

有些人在朋友说话的字眼里挑毛病，疑心重重，总是把对方的话曲解成攻击的子弹。

生活中做人要随和，人容人，和为贵，在融洽的人际关系里生活、工作都会更愉悦。

原载《吉林农村报》

2022年5月21日

闲庭信步

当今，人以健康为美，于是，走步减肥这种方式悄然兴起。一些人为减肥而走路，一次走一万步甚至两万步，不断刷新走路步数的纪录。小区里、公园内，我经常看见走步健身的人，从青年人到老年人，单一的、结伴的，还有排成队形的，像一阵风似的在我眼前掠过。我惊奇于他们行走的速度，仿佛个个是《水浒传》中的神行太保。

我身高1.78米，体重190斤，亲朋好友见到我，都催促我减掉大肚子。有人告诉我少吃饭、多运动，我心知肚明这是吉人良言。节食可以，生活中一点点适应。我一日三餐，由多吃到少食，几个月下来，渐渐养成了习惯。我的运动是走步，我走步跟多数人急行军似的走步不同。我早晨起床读读书，然后下楼走步放松下筋骨，白天则时不时地去生活超市，在超市里逛一逛，买回生活用品，不仅锻炼了身体，又使心情愉悦，所以，我乐意为之。

我还在林园里走步，看春花、观夏草、瞧秋菊、望冬雪，见景生情，陶冶情操。人在风景中无负担地走步，情亦怡，意亦惬，走步减肥，走步健身，走步亦悦精神，何乐而不为？

我闲时走步，一条路一条街地走，走累了就找个有公共座椅的地方歇歇腿。我走步，目睹每条路、每条街上城市的变化，新市容市貌和旧建筑使我浮想联翩。大马路上的一商店、誉满春城的食品店——鼎丰真、改头换面的老市场……我想起了生活中的许多往事，感叹城市面貌和人们生活质量的蒸蒸日上。

上周我约见位朋友。他退休后，一直在公园里走步健身，已有四五年光阴。两年后的今天我俩相见，他瘦得酷似一根麻秆。我像学生一样咨询他走步减肥的方法，他说："管住嘴，迈开脚，心情好。"我又问他："你走步减肥究竟是怎样的走法？"他喜上眉梢，侃侃而谈："我在公园里摆队形走步，旁观群众都羡慕我走得快。我们走起来一个紧跟一个，就像奥运会竞走一样，环绕着公园里的柏油路，每天晚上走上十万步。"我听了吓一跳。向他表明我也正在走步健身，但跟他大相径庭，他听了脸上堆起笑容，说我浪漫，应当跟我学。随后，他举杯呷口酒："我这样走步，虽然减掉了身体多余的脂肪，但是韧带撕裂、骨膜受伤，现在不能走远路了。"他叹息道。

看来走步减肥也好，走步健身也罢，若想"一锹掘个井"，怕是难免顾此失彼了。

原载《吉林日报·东北风》
2022年6月25日

露天电影院

我当知青时曾在乡下看露天电影。乡亲们在晚饭后，围在小队部门前，站着的、坐着的，男人、女人、老人、小孩，黑压压一片。

在那个年代里想看场电影，一直得等到挂锄后到秋收前，公社派来放映队，放映队在哪个小队放映电影，还得需要抽签确定。

确定了在哪个小队放电影，消息顿时像长了腿儿，传遍十里八村。农民们忙碌地吃完晚饭，像腊月里赶集买年货准备过年似的，男女老少脸上挂着笑容齐聚在小队部门外的大院里。在没放映电影前，老年人嘴里吧嗒着烟袋锅子，乐呵呵地凑近年轻人身边，用手指向一块块庄稼地唠叨着秋天的收成。在放映队架起的银幕前，一帮一伙的半大孩子带着自家看门的狗，都坐在地上。

电影上演了，随着银幕上画面情节的变化，人在嚷，狗也在叫。

在乡下看露天电影，比在城市的电影院里看电影更接地气。电影银幕上出现大片金黄的谷穗，又有火把似的大片红彤彤的高梁，农民三三两两，相互之间唠叨着王家村苞米长得好，李家村地里的黄豆长势也不错。

有一年我看的露天电影是抗日故事片，电影银幕上的日本宪兵，挥舞着皮鞭子抽打捆绑在粗木桩上被捕的抗日英雄，蹲在一个男孩身边的大黄狗，倏然立起身子，随着"汪"的一声，狗向银幕上挥皮鞭子那个日本宪兵扑去，顿时场面秩序大乱，看电影的人群中不知谁在说——狗通人性，狗知善恶。

时间有脚，往事如烟。一晃四十多年过去了，在农村看露天电影的感受难以忘怀，那段知青生活的往事，一直留存在我的记忆里。

原载《吉林农村报》

2022年7月5日

遥远的狗肉馆

一天朋友打来电话，说他终于熬到头了，不用说我也知道——他退休了，退休金四千多元。我说：多好啊！朋友电话里说，哪天咱俩找个狗肉馆喝酒叙旧。

我俩喝酒的狗肉馆是我俩十年前经常去的那家。那家狗肉馆坐落在市区繁华地段。那时，我下岗在市内一家银行做保安，一个月工资不足一千元，生活中经常是捉襟见肘。他了解我的情况，每次跟我在这家狗肉馆吃饭，都抢着付钱。每次他请我吃饭，要的菜都是我喜欢的。我跟他在一起喝酒，心里的纠结跟他一说，他总会开导我。

那一次，我掏出手机把心里不愉快的事说给他，他说：下班后到那家狗肉馆，我请你。酒桌上，我把憋屈事一吐为快，我说：打工不容易，管事人跟下属发生争执，冲我鼻子不是鼻子脸不是脸的，把一股气向我发泄。他笑笑说：人在屋檐下，挣的是人家的钱，别窝那个气。我慢慢想来，有道理。

我退休那年，他下岗在家，五十开外的他，上有老下有小，他无奈又忧郁，满脸愁云，不开心。我约他去那家狗肉馆，那次是我宴请他，要了一些他喜欢的菜肴。酒逢知己，开怀畅饮，他赞扬我下岗打工那些年挺过来了，最后熬到了退休。他又说，退休好，政府月月给开钱，享福喽。他手拿酒杯叹气说：你熬出来了，我下岗了。我说：人到啥时说啥话，为了生活，脸面有啥张不开的。

我告诉他，五六年前，我刚下岗时心情也不好，听朋友一劝，睡了一宿觉，脑袋开窍了。男人是家里人的顶梁柱，不能倒，得挺住。他听了我说的话，心情好多了，他说过些天去找份适合自己的工作。"功夫不负有心人"，他找到一份工作——在学校做保安。

他在保安岗位上恪守职责，起门杆，放门杆，给进出车辆做登记，像个机器人似的坚守在岗位上。

我经常去看望他，跟他说上几句话，让他开开心。去年我见到他，跟他说：你开始倒计时了，他先是一愣，我补充一句说：退休时间倒计时了，他会心地笑着说，还有几个月。

我俩找到那家狗肉馆，俩人要了四个菜，一瓶白酒，六瓶啤酒。我长言短句诉旧情，他满脸喜悦说，人退了休，拿着退休金得好好地活着。我抚今追昔，感谢他在我下岗打工时帮助我解心事——在人屋檐下，挣人家钱，别生那个气。他谢谢我，他下岗在家苦闷时，我劝慰他——男人是家庭顶梁柱，不能倒下，得挺住。我俩的酒话，引起邻桌人的好奇，一个同龄人也说起下岗的事，他说：当年确实存在男人下岗擦不开面子的事，一些男人不肯到外面打工挣钱养家，还有些男人，朋友给他找个合适的工作，他怕脏怕累，领导说他几句，他想不开，一甩脸子不干了。

我俩听他把话说完，相视一笑，朋友说：我应该谢谢你，我说：我应该谢谢你。

啥叫好朋友，遇上生活中的难事，说一句掏心窝的话，伸手搀扶一把，就是好朋友。

怀 旧

老年人喜欢怀旧，旧人旧事，旧的住宅和街道，旧的生活场景。

我喜欢怀旧，那些年，我从老旧的青砖瓦房搬进新楼房里，居住条件改善了，但我依然忘不了那座老房子，那座老房子是我出生和成长的摇篮。我每次走在那条街上，走进那条胡同里，安静地伫立在老房子面前，陈年旧事就鲜活地再现眼前……那年的冬天，我依偎在祖母、外祖母身边，聆听两位老人跟我讲杨家将抗辽的英雄故事。杨门将才爱国献身的精神，使我幼小的心灵里生发出保家卫国的理想。

我在老房子门前，又想起那年的国庆节早晨，母亲蒸出一锅白花花的大米饭，炖熟一锅香喷喷的黄花鱼粉条子，我和姐姐、弟弟吃饱肚子，跟同学们去参加国庆节庆祝活动。

我在老房里门前，好像听到当年父亲和母亲在一起商量我的人生大事，我当时被深深感动了，父母给了我生命，抚育我成长，又为我娶妻生子，日夜操劳，父母之恩比天大。

我回想着生活的往事，我在这里诞生，我的童年、少年、青年的时光在这里度过，这里是我的家园。如今，祖母、外祖母相继驾鹤而去，父亲母亲也仙逝了。在老房子里，积淀着我成长中的幸福。

我怀念那段生活，大杂院里一家邻着一家，夏天里坐在门外的老人，一边喝着水，一边摇着蒲扇闲聊天儿。谁家婆媳闹矛盾、父母打孩子，老人们听说后，责无旁贷地登门劝说。如果出门忘了带钥匙，跟板凳上的老人说一声，老人们像军人坚守哨位一样，守护着直到其家人回来。

我怀旧，怀旧是老年人的生活。

我有走街的习惯，我当年走过的老街路，去过的老商店，我都要再去走一走，逛一逛，抚今追昔，感受时代的变化。

大马路与四马路交会的鼎丰真，这家20世纪初开设的食品商店，延续至今，各类糕点誉满春城。我记得小时候亲戚来家串门，带来鼎丰真的糕点盒，亲戚走后，我们都上前围着糕点盒子咽口水。母亲说：晚上吃。晚饭后，父亲关上房门，母亲脸上洋溢着温馨的笑容，解开捆绑糕点盒的纸线绳，取出蛋糕和桃酥饼，先给祖母、外祖母一样两块，再分给围在身边的每个孩子。我咬一口蛋糕，软软的暄暄的，再去咬口桃酥饼，甜酥中带着油面的芳香。

今年九月初，我和妻子回她做知青时下放的乡村，听她说，一切都变了，跟从前不一样。村里人精神面貌不再像当年，过去居住的茅草房也拆除了，一座座红砖瓦房，被瓷砖和琉璃瓦装饰，在夕阳下折射出光彩。从前的乡路土道，变成了水泥道。环卫部门设立了回收站回收生活垃圾，这里人们的环境保护意识，我都能感受到。

妻子说：都变了，我下乡时，集体户房后是个生产队打谷子的场院，现在开垦成农田种上了苞米，房后有一条很宽的大道，现在不见了，也被种上了苞米。妻子望着亮甲山说："没有改变的，只有我眼中的那座亮甲山。"妻子说这话时，话语里流露出怀旧的感慨。

我怀旧，朋友说我老了。我说：人是世上过客，人在世上活，怀旧，是不忘初心，不忘过去。怀旧不是守旧，怀旧中感恩逝者，人活着，做好现实生活中的自己，这才是人生的价值。

原载《卡伦湖文学》
2022年第642期

善待余生

有些老年人有个共同的特点，寡言少语，心事沉沉，看上去好像心里纠结着一些事。这样的人不愿把心里的事告诉任何人，他也不愿听到外人谈论他心里纠结的问题。

我有个朋友就是这种人，没退休前有说有笑的，退休后却总是心事重重。一天，我问他："你在想啥？"他不说话，抬起头看看我，一脸不耐烦的样子。

他老伴告诉我，他自打退休后，总怕自己得上大病。他说：在外打工这么多年，好容易等到了退休，他别像他同学那样，没享受几个月退休金，脚一蹬人走了。

今年的春天，他感觉身体不适，去医院检查，医生让他住院手术。手术前他听医生说他脑部有异物，他往最坏的方面想，整天地闷闷不乐。他不愿跟来看望他的亲属说话，也不愿别人跟他唠嗑。他跟老伴说，一个人待着好，还问老伴他的病能治好吗，老伴安慰他说：你瞎猜啥，你不是要死的病。

手术前，我去医院看望他，他穿着白底蓝条衣，头发被剃得光光的，他向我笑，说他明天就手术了。我用那些最美妙的语言和词汇，来安抚他不安的心。

第二天他手术，医生一针麻药下去，他暂时停止了对自己病情的猜测。等他苏醒后被推到病房里，老伴告诉他，脑子里两个瘤是良性的，在医院再养几天就出院了。他还是觉得不放心，医生查房时，他背着老伴问医生，他是啥病，医生又把老伴的话重复一遍，他才把心放在肚子里。

我去医院看他，他身体恢复得还可以。我跟他说：有些病治疗及时就会痊愈，有些病会留下后遗症。我告诉他听医生的话，按时打针吃药。

我了解我的朋友，他心思重，生活中一点点鸡毛蒜皮的事，放在别人心上不算啥事儿，可放在他心上，总能引起他情绪的波动。他老伴告诉我，谁要是有了病，总能把他吓得不得了，他没病前就总害怕自己有病。

朋友出院后我去他家，叮嘱他，人活着要往好事情上想，想些生活中美好的事。大半辈子风风雨雨都闯过来了，现在退休了，月月拿着退休金，想吃点啥，喝点啥，自己做主。趁自己身体还行去风景地旅游，找生活的快乐，享受生活的幸福。我又说：谁也不愿有病，老年人定期去医院做身体检查，没有病更好，有了病，配合医生治疗。我告诉他，人活一辈子，哪有不生病的，小心翼翼总怕有病，也无济于事。有些老年人，吃都不敢吃，长此以往，身体内营养失衡，免疫力下降，疾病一点点会找上门来。现在我们这些老年人赶上好时代，不愁吃不愁穿，何不好好地、快乐地活着……

原载《卡伦湖文学》
2022年第642期

离不开的东北小咸菜

早上下厨房做了白菜炖粉条,调味品放全了,但吃到嘴里的菜就是没味道。我想应该是食盐放少了,盐少放了,炖熟的菜当然无味道。

如今,少油少盐已经成为普遍的现象。大家提倡健康饮食,清淡养生。

从前的人们不管炒菜还是炖菜,都喜欢吃重口味,所谓的重口味,就是菜里多放一点盐。

那时不像现在,冬天里能吃到各种新鲜蔬菜。当时的人们在冬储菜上市时,家家户户倒出大缸里贮藏的粮袋子,腾出一个个盛米的大坛子小罐子,腌制小颗的大白菜、芥菜疙瘩、雪里蕻等小菜。年年的冬天,那些红的、白的、绿的,成了百姓家锅里、碗里的家常菜。

东北人习惯吃咸菜,咸菜里的盐,可以中合胃里留存的酸性物质。人们吃玉米面的黏豆包,饭桌上要放上一两碗咸菜,因为,吃黏豆包胃里返酸水,吃上几口咸菜,咸菜里的盐和黏豆包的酸性中合,使人没有胃酸的感觉。

东北人习惯吃咸菜，把吃咸菜当作一种文化，超市柜台上，摆放着不同口味的小咸菜。走过的、路过的顾客，想买又看花了眼，心道咸菜比肉贵。可是，嘴里放出去的小馋虫子收不回来，只能由着嘴馋的驱使，买几种咸菜带回家，在餐桌上和家人品尝着咸菜的美味，谈论着东北咸菜的前世今生。

东北人吃咸菜的习惯，造就了咸菜市场的繁荣，多品种、多口味的小咸菜，不断亮相市场，让国人青睐，让世界瞩目。

原载《榆树人》
2022年8月第4期

话匣子

  鼻子下那张嘴，是人对外开放的自由媒体。有些人跟朋友相聚，说话口若悬河，非要把肚里的话倒净不可。我是这样的人，遇上投缘的朋友，话没完没了地说，妻子讥讽我，跟朋友唠嗑长篇大论没个结束。

  少年时，我见人不敢开口，叔叔、姑姑来家串门，我羞于开口，只是一笑。我记得一年冬天，表姨从吉林来看望我的外祖母，我躲在小屋里，怯懦地不敢出去打招呼。上学时，老师在课堂上叫我名字，让我回答问题，我脸红得像片火烧云，心跳得像小鼓似的。后来我参加工作，像换了一个人似的。那时，我居住在平房里，大杂院一到夏天，吃过晚饭的人们，三三两两坐在小板凳上唠家常。他们五花八门的生活内容，使我产生许多感想，我喜欢说话唠嗑，帮助人化解内心的困惑。时间一长，有人给我起个外号——话匣子。

  生活中，我用三寸不烂之舌帮助别人，我有难事时其他邻居也帮助我。我患湿疹二十多年了，去过许多家医院，可就是没痊愈。一位常在一起唠嗑的邻居问我："你夏天常吃冷食吧？"我说，冷食消暑。他说："你错了，寒气入体转化为湿气，体内湿气重易患上皮肤湿疹。"邻居又告诉我，早市上有家卖中草药膏的，有种药膏治皮肤湿疹挺见效。我买了一盒用了一周后，湿疹痊愈了，至今也没有再复发。

"三人行，必有我师。"我用诗歌咏兰花、桃花、莲花、玫瑰花，其中，我被牡丹花怎么写困惑得无从下笔，踌躇中，我拜访诗友张老师。我滔滔不绝地问他，写牡丹花从哪里下笔，他回答我，多数人喜欢欣赏牡丹花雍容华贵的姿态。作诗咏牡丹花的文人骚客，古往今来不胜枚举。他又说：你写牡丹花，从另外一个角度构思，对牡丹花做多方面的了解。我按诗友的话，去书店查找有关牡丹花的书籍，去花市拜访卖牡丹的花主人。终于有一天，我突发灵感，"侬本一枝花，芳华在民家。若非武帝贬，何以香天下。"

我在生活中感受到，说话是一种劳动，劳动是为了收获；说话是一种艺术，该长则长，应短必短。说话是人与人接触、交流的桥梁，会说话，能促进人际交往，加深人与人间的感情。

我觉得，做这样的话匣子真好。

感冒随想

　　春暖花开的季节，我脱下身上的棉衣，穿上了春天里的单衣。今年这个城市的气温变化无常，这两天我不得已又穿上厚厚的棉服。

　　但我还是不小心着凉，感冒了，咽喉痛，咳嗽。吃几天小药片，咽喉痛消失了，咳嗽也好了。没想到这两个感冒的症状刚走，鼻塞、打喷嚏、淌清鼻涕又再次光顾。我去药店买来几盒药，按照药盒上的医嘱，一天三次，一次两个感冒胶囊。为早一天痊愈，我买来红糖和生姜沏水喝。有人说喝红糖姜水，可驱散瘀滞在身体里的寒湿气。

　　我总以为自己比别人抗寒能力强，每年脱去棉服就比别人提前半个月。这次感冒，让我重新认识了自己，人不服老不行呀。六十岁前，我经常在人前夸海口，说人家：春分过了半个月了，你们还穿着棉衣棉裤的。我穿着春装，炫耀自己身体的健壮。

　　永远健康是人的一种期盼。少年时母亲告诉我：春天要晚些日子脱去棉袄棉裤，棉袄棉裤脱早了，身体会因着凉感冒，俗话说："春风入骨，春捂秋冻。"

我在退休前不把身体健康放在心上，放在心上的是工作和家庭。我六十岁前，召集朋友喝酒，我能喝下八两白酒，外加几瓶啤的，不耽搁吃饭唠嗑。我还记得，我在亲属家喝了半斤白酒后，步行二十多里地回到家，睡了一宿觉，第二天照常去上班。

　　好汉不提当年勇，往事不可重来，人活在当前，务实是人生最好的选择。今年春天，我因脱掉冬装早了半个月，还自以为身体跟年轻时一样，没想到感冒了。我讨厌感冒引发的咳嗽，夜里吵得家人睡不着觉，白天生人听我咳嗽躲着我，生怕被传染。

　　今年春天我患感冒，属咎由自取，花钱找罪受。我在花钱买药祛病的同时，懂得了人生是舞台，舞台上演的戏剧没有彩排，我花钱买来的不仅是治病的药，更是一本"花开知时节"的生活秘籍。

从感冒咳嗽说开去

前些日子，妻子受风寒得了感冒，咽喉肿痛发痒，咳嗽了。过几天，我同样步妻子后尘，咽喉发起痒来，随后是白天夜里的咳嗽。

我埋怨妻子把感冒传染给我，她却不认账、跟我争辩，说我平时没事瞎溜达，是在外面被路上行人传染的。

谁也不能怪谁，我感冒咳嗽，是我自己受风寒，不能疑心是妻子传染的。

一位朋友说：近来他血压有些高，他认定是在单位倒夜班休息不好造成的。他去看医生，跟医生理论他的高血压与工作有关，并让医生给他开证明。这简直荒唐，像我怪我妻子把感冒咳嗽传染给我一样。

人不能在生活中总是担忧得上病，人也不知道病魔何时光临自己的身体，人更不能怕在劳动中患病而放弃劳动。人为生活而劳动，在劳动中得到收获，用劳动的收获，带给自己和家庭幸福和快乐。

我有一位朋友在银行工作。下班回家跟她丈夫诉苦，说膀子痛，屁股疼，都是工作带来的。她丈夫说：我给你调换工作，指定屁股不疼，膀子不痛。她等待着丈夫下句话，丈夫说：下岗回家。

  我记得上辈人工作有多辛苦：他们早上七点半上班，上班就开始做繁重的体力劳动，中午一个小时的吃饭时间，然后继续工作，一直到下午四点半下班。回到家后生火做饭，跟谁去诉苦说腰酸膀子痛？那时，上班的职工只想着工作到月拿到工钱，持家生活过日子。他们不像现在的有些人，动不动就说工作累，把自己身体上的病都说成工作累的。

  我近日是因为风寒感冒引起的咳嗽。那天我怪罪妻子，说她的感冒咳嗽传染给了我，是我强加给她的罪名。生活中一个平常的感冒咳嗽无须大惊小怪，何必冤枉妻。人有了病躺在床上不能怨天尤人，人有了病不能责怪自己，怪罪他人，怨生活，怨社会。人有了病，早发现，早治疗，早日恢复健康，不要怨这怨那。

餐余记事

我和朋友在狗肉馆里喝酒，另有两男一女在一旁的餐桌前用餐。过了一阵子，三人中的一人叫来餐馆老板，核算餐费后付了钱，相互道别各奔东西。我瞥见他们餐桌上还有一盘没动筷子的、支棱八翘的锅包肉，三碗大米饭还飘着米香的味道。我不悦地跟朋友说，餐桌上的浪费，是一种犯罪。朋友说，吃不饱饭的年月，他们没有赶上。

我至今记得儿时每当我和姐姐、弟弟吃完饭，父母总是检查我们的饭碗，吩咐我们要把碗里的饭、盘中的菜吃干净，吃不干净就会招来父母的一顿训斥。我还记得，一天父亲发现我饭碗里有几粒大米粘在碗底上，他责令我吃干净，不能浪费，并教我一首儿歌："大米饭白又白，吃了米饭想一想，没有农民去种田，哪能吃上米饭粮。"

长大后，不浪费餐桌上的粮食，成了我生活中的习惯。不管在家还是在外吃饭，我能吃多些就要多少饭和菜。在家里，我用自身的行为影响妻子和女儿。在外朋友请我吃饭，我选了我喜欢吃的、在家不常做的菜，然后把菜谱递给朋友，再点一盘他喜欢吃的，两盘菜先吃着，不够吃再要。

我外出就餐时是不吃主食的，外人不解地问我原因，我坦诚地说，喝酒吃菜，点了饭吃不完，那就浪费了。朋友拿我的话当作笑谈，说，在餐馆里聚餐的客人，假如都像你一样，餐馆里的服务生不用天天倒垃圾了，开餐馆省去一项垃圾处理费。我说，我这样做既能让请客的朋友节省一些花销，同时我也想影响同我一起聚餐的朋友。

请我吃饭的朋友，看到邻桌的客人走后满桌子剩饭剩菜，愤愤不平地说，现在有些人，把餐桌上的浪费不放在心上，咱们国家虽然是产粮大国，但人口也多，一旦发生粮食短缺，那可是大事。听了朋友说的话，桌前桌后吃饭的，有些人点头称赞，还有人围绕着我朋友的话，谈论着餐饮业存在的浪费现象。我知道朋友经常去餐馆里吃饭，像刚才那三个人，摆了一桌子盘盘碗碗，吃了几口，起身结完账扬长而去，朋友对此很气愤。这时，餐馆老板叫服务生收拾桌子上的残羹剩饭，服务生望着餐桌上没吃几口的饭菜，还以为客人去了洗手间，又问了老板，老板说，这桌的客人买完单了，人都走了。朋友跟服务生说，现在的人没有挨过饿，把餐桌上的节约不挂在心上，我们老年人看到浪费的场面，真是痛心……

我看到身旁一位老年人把没吃完的饭菜打包带回家，还有一对男女小青年，也把吃剩的半盘肉装进打包盒，两个人拉着手走出小餐馆。接着从餐馆的门外，鱼贯进来几位小伙子，他们好像是常来吃饭，扯着嗓子唤着后厨房的厨子，给他们哥几个来几碗汤，上几碗大米饭。不大会儿工夫，那几个小伙子吃完付款离开座位，我去洗手间时顺便看了一眼他们的碗，不管是盛饭的，还是盛汤的，都一干二净。我回到座位上跟朋友道出这事情，朋友惊讶地说，现在小青年能做到餐桌上不浪费不容易，节约光荣，浪费可耻，中华民族传统美德在年轻人身上得到了发扬和光大。

　　我朋友的话，让我心情很愉悦，我俩吃净盘中的肉，喝干碗里的汤，笑嘻嘻地说，吃干净，不浪费，这多好！我说："谁知盘中餐，粒粒皆辛苦。"我不知道他在哪学会的一句话："花钱吃饭是你的权利，但你没有权利浪费地球上的资源。"

　　这次我跟朋友吃饭，感触颇深，受益匪浅。

原载《卡伦湖文学》
2022年第682期

下雪的日子

　　下雪的日子，我仰望天空，盈盈漫舞的雪花，轻飘飘，悠扬扬，好像纷纷扬扬的白手绢，争先恐后擦拭着路上行人和颜悦色的神情。闪闪发光的白手绢，好像是舒展在天空上一片片的花瓣，它们兴致勃勃地揩净飘浮在天空中的尘埃，它们沸沸扬扬地填平脚下的坑洼，它们让人们踩在自己柔软的肌肤上。

　　下雪的日子，徜徉在街上，萦绕在眼前的雪花，好像是悬浮在天空中一幅亮闪闪的围幔。置身在其中，惬意地呼吸着清爽的空气，在心里升腾出一个超然物外的梦幻中的仙境。

　　下雪的日子，飘落的雪花又像一只只白色的蝴蝶，在天空中喧闹着，有的雪花在空中飞舞了一阵，被袭来的寒风一带，倏然贴在了人家的窗上，玲珑剔透的小雪花，好像携着一种情，有的在玻璃窗上很安分，有的显得很顽皮，凑近窗前，你会惊奇地发现，有几片贴在玻璃上的小雪花，在寒风中又相继地飞出你的视野。没有飞走的小雪花，它们活像一个个小精灵，把身子紧紧地依偎在玻璃窗上，在光线的映衬下，熠熠地闪烁着清晰明亮的花纹。花纹里繁盛的树木，有雪白的枝丫，如果你再仔细地找，一片片雪花上面，萌生着细细的雪茸毛，在每一片的雪花上，雪茸毛都不约而同地闪耀着莹莹点点亮光。

冬天里的雪花，它是雨水升华的灵魂，它是雨水圈织成的精巧花卉，它能使大地母亲孕育百花齐放的明媚春天……

我赞美你，冬天里的雪花……

原载《吉林日报·东北风》

2011年3月3日

春天的心灵

一年之计在于春，春回大地，万物苏醒。

清晨，我拉开窗帘，游丝似的雨线，贴满玻璃窗。借着窗外扑进来的天光，我看清长短的雨线在玻璃上织满了亦真亦幻的花样和图案。

我眺望窗外，雨雾里的楼阁林苑，曲径水榭，深深浅浅，浓浓淡淡。

农家说："春雨贵如油。"一阵又一阵的小雨后，空气裹挟的湿度浓重了。在我眼前的视野里，顶破土盖盖、又掰开小嘴巴，翠生生的萱草芽，密匝匝一片接一片。

春天给我播种下生活的美好，我在春天里徜徉。一棵棵花树柔嫩的树枝上，结满紫色的、绿色的小苞儿。温热的暖风来袭的日子里，树枝上的小苞儿，破开尖尖角，吐出几片嫩叶儿。转眼间，树绿了，水清了，花也一朵朵地绽放了。

在醉人的芳香里，我看见三两只鸟儿，从树上落下来，在绿草稞里寻觅着踏青人的残羹剩饭。

喜人的鸟儿，蹦蹦跳跳，时而低下小脑瓜，好像找到食物，时而又机警地抬起头，观察着周围的动静……

在一片浅水滩边，在微微荡漾的涟漪下面，几条叫不出名的小白鱼，时而慵懒地扭动着身子，去捉藏在泥草里的小虾……

燕子也在不停地飞，衔走水岸上的泥土，衔去一截截嫩枝鲜草，建筑它们新的安乐窝。

我走在堤畔青石板路上，闪进我眼帘里的，是洒满日光的湖水上漂着的一只小木船。船上的人一边摇着桨，一边在往湖水里撒些东西。待他把手里的事做完，又把小船驶向岸边，我上前问他："你往河水里抛掷啥玩意？"他诧异地看着我，随后把心里的故事告诉我。他说："生活在冰层下的鱼儿，把湖水里该吃的水生物吃光了。春暖花开，阳气往上升，鱼儿游上水面寻找食物，我买来鱼食喂它们。人要关照鱼类的繁衍生息，它们也是生命圈里的一个群组啊。"

我朝他竖起大拇指，赞羡他的善良举动。我与他话别，向充满鸟语花香的林间小路走去……

路上，我看到一位老人。他低着头，身子弯成弓状，地上放了个没有封口的竹篓，一只只鸟正从竹篓里往外飞。我走近他，他没发觉我，我在旁听他在跟鸟儿说话："回家呵。"他抬起头后，用愕然的眼神盯着我。我先打消他对我的疑虑，问他："你在放飞生灵？"他缄口不言，只把一双眼睛投向树上。

他放飞的那些鸟儿有的栖在枝杈上，有的隐身在翠叶里。被放飞的鸟婉转地鸣叫，仿佛在高兴地说："我回家了。"那位老人，那张慈眉善目的脸，此时笑得像朵盛开的花儿……

他走出我的视野，消失在一片绿色里。使我心情无法平静的，是那摇船的人和那放飞鸟儿的人……

原载《吉林日报·东北风》

2017年4月20日

城市灯光

从前的时候,城市灯光很暗,街两侧的照明灯上安装的是两百瓦的灯泡,灯光打在地上,像是一环浑浑沌沌的暗斑。

那时荧光灯属紧缺商品,商店和饭馆天棚上吊着的和百姓家里的一样,是泛着暗黄色的灯泡。日光灯只在少数公共场合可以看到。

冬天,城市用电量增多,经常发生停电现象。每户家庭为了不影响生活,都储备了几包蜡烛。

现在条件好起来,街上的灯光,商场、酒店里的照明,再不会因为城市电力不足而照明灯瓦数不够,从而影响家庭生活和城市环境。

我欣赏我家楼下那座临水假山,天一擦黑,安装在假山下的景观灯便释放出五颜六色的光束,把百花照得娇媚可人,把小草映得青翠欲滴,山坡上那几棵小树,明一半暗一半,清幽灵秀。

灯光作秀,美景环生。街路两侧低矮的黑松树上璀璨的霓虹灯,争妍斗美,宛如一颗颗红玛瑙、蓝宝石、绿翡翠,闪亮亮的,又仿佛是活泼顽皮的一群孩子,在密匝的松枝上,玩着捉迷藏的游戏。

在一家大型商场门前，一场喷泉灯光音乐晚会正在上演，水池里粗细变换的水柱，在悦耳的音乐中跳起水上芭蕾，靓丽的身段像出水绽放的芙蓉，让人在欣赏中得到心灵的愉悦。

商场、酒店里灯火辉煌。商场里顾客在灯火通明的大厅里，选购着生活用品；酒店里的餐桌前，服务生面带微笑，把大厨烹饪的美食，端上餐桌。

一天，我接到电话，电话的那端是我的发小。他少年时随父母移居外省。他告诉我，如今这个城市的夜晚是半透明的，是灯火辉煌。他委托我给他多拍几处诗情画意的城市风景，我用手机拍下花红柳绿的小区，灯花盈枝的树木，霓虹炫彩的橱窗门楣。

我发给他城市一帧风景名片，他发给我一双拇指的点赞图片和欣慰的笑容。

原载《吉林日报·东北风》

2019年6月22日

月光下的琴声

  我在月光下听琴，浸着淡淡的月光。我在月光下看见一双纤细白皙的手，弹拨着古琴弦，清新缠绵的《春江花月夜》萦绕着楼台亭榭。

  我痴痴地望着天空，静谧的天海，星星安静地闪烁。天风牵来白色的云，像一朵朵桃花绽放，像一座座移动的雪峰，像一条弯弯亮亮的小河。

  月亮在曼妙的云层上隐隐现现，好像在天街上悠闲地漫步，我躺在林阴下的长椅上，幽深的林间小路，时而一片浓黑，时而一片亮白。

  我好奇地仰望天空，圆月如镜，银河璀璨，嫦娥吴刚，织女牛郎，民间神话在我心中一一闪现，神话寄托着人们对幸福生活的向往。

  我对月亮祈祷，我对月光寄托我美好的思念。

  我听着《春江花月夜》的琴声，走上一弯石桥。一汪银灿灿的水面，月光在潋滟的微波上跳舞，安静的月下，飘来阵阵醉人的芬芳。我如同误入仙境，绿茵茵的草地、珊瑚石堆砌的小假山，我在驰骋的想象中感受到，人与自然和谐相处，自然会回以美好的馈赠。

我扶栏仔细观望，鱼儿在水中撒欢，四周的树木郁郁森森，远处的霓虹灯闪闪烁烁，炫耀着城市的美丽。

我望着天上的月亮，尘封的往事又一幕幕展现。我跟月亮说，生活中有许多无奈，生活中发生的疑惑，是打着问号的谜团。"八月十五云遮月，正月十五雪打灯"，祖辈口传的谚语，有谁能用天文学说诠释因果？

我望着天上清朗的月亮，侧耳听着柳岸上飘来的琴声，心生一个感想：人活在世上，不能忘却初心，更不能遗忘他人为我们幸福生活作出的贡献。我感慨生活像天上的月亮，阴阴晴晴，圆圆缺缺。

生活是一首歌，充满酸甜苦辣，悲欢离合。

原载《参花》
2020年2月总第909期

榆树行

早春伊始，多年的心事敦促我前去第二故乡——榆树。

火车抵达榆树车站时，我望着榆树城里的变化，无限感慨。距我离开已经四十年了，城里耸起了一座座高楼，取代了当年陈旧低矮的青砖瓦房，临街的商店里，大城市商场经营的商品，这里也能买到。

我记得从前这里只有一家百货商店，商店里的营业员加上逛商店的顾客，屈指可数。单一的商品，横躺竖卧摆放在柜台里，上面沾满灰尘。

我记得，当年我走在城里的街道上，看不到公交车，只看到不断往来的拖拉机还有马车，从我身边跑过。路上我不敢张口说话，因为扬起的灰尘直往我嗓窝里钻。下雨天，街上坑洼里一汪汪稀泥浆，不小心脚踩到坑里的泥浆，弄脏了鞋袜。

今天这里的公交车、郊线车、出租车往返于城市的东南西北，车里有进城的农民，也有城里去往乡下的市民。我记得四十年前从城里去乡下的车只有一个班次，如果错过了长途汽车发车时间，就得住旅店或住火车站票房子。

我乘公交车去市政府，路上专注欣赏车窗外的风景，忽听售票员报站的声音，"去市政府的这站下车"。我走到车门口问她，去市政府往哪个方向走。那位年轻貌美的售票员和蔼地说："下车往前走，过前面的路口走上一百多米就到了。"她的热情让我对她的印象很好，在她身上我感受到这里已经今非昔比，四十年来的经济发展不仅改善了城市的面貌，也改变了人的精神面貌。到了市政府赶上中午休息，于是我返回繁华的市区，心里顿生两个念头：吃一顿这里的煮苞米，顺便买几斤全省知名的干豆腐。想着、走着，一股苞米的香气扑鼻而来，一位妇女站在架有铁锅的推车旁，吆喝着，"乡下的苞米，两块钱三穗"。我脱口而出"真便宜"，我买了三穗，站在一家超市的窗前一口口啃起了苞米。

时间倒回四十年前，我们知青都是十七八岁的小青年，秋天苞米熟了，我们便把苞米当作一日三餐的主食。我啃苞米跟别人不一样，早上啃苞米时我喜欢望着天上那轮如血如火的朝阳，心中顿生对美好生活的期盼；晚饭时我喜欢边吃苞米，边欣赏着夕阳下的田野村庄，消解一天劳动的疲惫。

我下一个寻找的目标，就是当地干豆腐。我在农贸大厅里焦急地寻找着，在一位生意人帮助下，才找到了干豆腐手工作坊。

在柜台前，整齐码上垛的干豆腐，散发着浓浓的香气。我趋步凑上前询问价钱，老板说："干豆腐三元五一斤，纯手工做法，无色素，无添加剂。"他随手撕了一块递给我，我把干豆腐放进嘴里，果然不错，有咬头，不亚于四十年前的味道。

提起榆树的干豆腐，我想起四十年前一段往事。紧挨着我们集体户的是生产队，每逢生产队做干豆腐，我闻到那股豆香味，便花上几角钱买回几斤热乎乎的干豆腐，约上几位男生，买来一斤白酒，把干豆腐铺开，铺上农村大酱，卷上自家田地里种的大葱，一边喝着酒，一边吃着卷干豆腐。

午后我去了市政府，市政府坐落在城郊地带。我在政府大楼里找到了我需要办理事务的部门，向工作人员表明了我的来意，我说办完事还要赶午后两点的火车。一位工作人员查阅了我的证件，打开微机核准了相关资料，很麻利地为我办理了事务，他脸上挂着笑容说：你说还要赶火车，现在还有半小时，我没给你走复杂手续，怕耽搁了你赶火车的时间。这件事出乎我的意料，我事前忐忑不安的心情，随之平稳了下来。

在返回长春的列车上，乘客多数都是衣着整洁的农民，他们三三两两围坐在一起谈论着生活琐事，亲亲热热地叙说着今天的美好生活。

车窗外的一片片农田上，没有了马拉犁杖，没有了成群结队播种的农民，在寂寞无语的田野上，偶尔有几台农用机械不知疲倦地耕耘着。

我靠在座椅上在想，四十年，农村和城镇都发生了翻天覆地的变化，在农村，政府出台多项有利于提高农民收入，解放农村劳动力，改善农村生活环境的好政策，造福于民。

我在车里凝思着，感想着，被一路上的情景感动着，温暖着，陶醉着……

原载《吉林文化》
2020年第3期

雪花飘飘忆当年

冬日的寒风肆虐着，挟着雪片飞舞着，窗户上挂起一层薄薄的霜花。

我伫立窗前，看着窗外的风景，飞舞的雪不停地下，地面的积雪不断被赶来的清雪车，一辆接一辆地运走。

我记得那一年大雪封门，大清早胡同里的大人，摇醒各家睡梦中的孩子，提筐拎盆扯着爬犁，把自家门前厚厚的积雪，一锹一锹装满大盆小盆，倾倒在临街的马路上。积雪在马路上堆起一座座小山头，像一道道绵延的山脉，其中还"站"着几个憨态可掬的小雪人。

那时，汽车司机为防止车轮打滑，在后轮上捆绑铁链子，这样上坡下坡时不容易出现安全事故。

在城市的大街上，学生们一锹锹铲着路面上厚厚的积雪，累了伸一下腰，衣袖往额角上一抿，擦去热乎乎的汗珠子。学生扫雪，就像农民在田间地垄上比赛锄草，你追着我，我撵着你，看谁的活儿干得快。

企业生产线上抽不出人手铲雪，就把锅炉烧完后的煤灰渣，装满解放汽车，在沿街道路上铺洒。人踩上去，脚下咯吱咯吱地响。

街道委员会对临街单位实行门前卫生"三包"管理。道路上的积雪，由临街单位清理，如果单位派不出人清雪，就会花钱雇人来做。几个腰粗膀大的壮汉子，用工具在雪地上铲了一阵子，露出寒光闪闪的路面。

风雪中，一辆辆清雪车迎着风雪把道上的雪清扫到马路的两侧，给车辆和行人开辟一条条干净的通道。

雪停后，环卫工人把马路两侧的雪扫成一堆堆的，接着大铲车一斗接一斗地把一个个大雪堆装进车里。街面上的雪没有了，行驶在道路上的车辆和行走的市民，不再为雪天路滑而担惊受怕了。

我在下雪天走出家门，呼吸着清新的空气，欣赏着街道上为车辆的畅通、为市民出行的安全，奋战在岗位上的清雪车，还有那些橘红色着装的环卫工人……

原载《劳动新闻》
2020年12月21日

晨曦里

黎明，点亮我的视线，抚慰着我家的窗棂，我醒了……

我看见，天边的晨曦撕开黑色的帷帐，不断地扩展自己的光明。整个天际的暗色，渐渐变浅、变薄。穿着白毛衣的小黑狗狗，被身后的主人牵扯着，在石砖铺成的路上，快活地小跑着。小狗东嗅一口，西停一下，望着买菜回家的街坊邻居，摇摇尾巴。

小区里的每家厨房，都飘出浓浓淡淡的香味。

上班族们把沉睡一宿的爱车唤醒，缓缓驶离小区，行驶在东西南北的柏油马路上。上学的孩子们，身着色彩缤纷的服装，把一天的希望写在脸上。到了校园门口，父母叮嘱孩子："听老师的话，课堂上不懂就举手问老师。"孩子也挥动着小手说："爸爸妈妈下班早早来学校接我！"

不一会儿，小区楼前楼后聚拢了一群群的老年人。有些人聚在亭子里，有些人围在石桌前，摆起眼前的"长城"。还有的人，守在蹒跚学步、牙牙学语的幼童身边，做奶奶、当姥姥的，像老小孩似的逗着小小孩。老年人们谈天说地，扯东道西，回忆着昨天生活的酸甜苦辣，感受着现实生活的今非昔比。

人们用相同的生活热情，打造着不同的生活，彰显着对生活的热爱。

晨曦，是新一天生活的开端。在新的一天，继续上演着幸福甜蜜的百姓故事。

原载《吉林日报·东北风》
2020年12月26日

春天里

十五的花灯刚一谢幕,春天的风,唤醒"龙抬头"。大地苏醒,河水欢唱。

杨柳吐着小芽,小鸟鸣着歌声。春风携着春雨来了,翠生生的小草芽顶破了土盖,好奇地望着新鲜的世界。它们迅速地爬满了山坡,挤满了堤岸,抢占了小路边的黑土地。

小昆虫从松软的土缝里钻出来,抖掉身上的尘土,嗅着地气的芳香爬行着。

春雨贵如油。几场雨过后,道边低矮的灌木枝上一朵朵银白色的小花盛开着,到了晚上,白白的一片,像亮闪闪的小星星;而在白天,小白花引来蝴蝶飞上飞下。

小区里的树盛开着许多花,紫色的丁香花浓郁芳香,白皙的梨花俏丽温馨。弯曲的小径在花树间延伸,楼阁亭榭在花海中时隐时现。

小孩牵着母亲的手,开心地逗着路边的小狗。树阴下,有三三两两的老人慵懒地坐在木椅上,唠叨着柴米油盐。有的老人聚在一块玩着扑克牌,还有的老人牵着小孩的手,教孩子蹒跚走路……

　　春天里的空气是新鲜的。青草、花树、泥土都泛着香气。晨练的人走出家门，舒活筋骨，抖擞精气神。

　　春天里的风景是靓丽的。青翠的山、清凉的河、俊俏的花，还有穿戴时尚的男士，新潮俊俏的女人……

　　春天，男人女人走在街上，都是一道流动的、亮丽的风景。

　　春天，像一轮冉冉升起的太阳……

原载《江城日报》

2021年4月13日

北戴河游记

　　北戴河避暑胜地隶属河北省秦皇岛市，我来到此处，欣赏异地风土人情。

　　我选了个看日出的最佳地点——鸽子窝公园。

　　这里呈现给我的是在天际间一轮冉冉升起的红日。我看见沙滩上看日出的人们正对着太阳欢呼雀跃着，蓦然间，"东方红"的词曲久久回荡在我的心中。

　　我走出鸽子窝公园，乘坐旅游大巴车出行。眼前突然出现了一片金色的沙滩，我下了车，先是一愣——许多人头面朝大海地点缀在沙滩上，这幅怪现象让我百思不解。我向周边的游客打听，他们说夏天来海边走走玩玩，钱不白花，热沙浴有助于疏解血脉瘀堵，祛除风湿病痛。

　　我把目光投向大海，海面上有许多与浪花嬉戏打闹的孩子。孩子们的腰部都圈着一个个五颜六色充饱气体的救生圈，赤红的、亮黄的、翠绿的，远远望去，像是海面上绽放出一朵朵鲜亮的、漂动的花朵。

　　一排排细浪不停地朝着孩子们涌来，推着、扯着，孩子们发出一阵阵惊喜的欢笑。笑声中传递着孩子们对大海的敬畏，笑声中传递着孩子们对大海的一往情深。

我离开这里的海滩，一个人去了水上游乐公园。水上游乐公园，顾名思义凡是公园里游玩的项目，都与水相关。"冲天回旋滑道"引起了我的兴趣。它就像一条在空中盘旋起伏的长龙。滑道内欢快的流水，跳跃着亮盈盈的水花。游客登梯上去，仰卧在滑道上面，一个个人不断地由一个半封闭的滑道滑进下一个全封闭的滑道里。全封闭的滑道里漆黑无比，只听见哗哗的流水声，以及人体下滑碰击隧道墙壁发出的沉闷声响。当隧道里面的人到了隧道的出口时，那令人惊奇的场景让我大饱眼福。我看他们冲出隧道口，男人女人神态惊慌，发出开怀的笑声，一个接一个像鱼一样活蹦乱跳。隧道出口处被人身体带起的水流，像一股股摔在石岩上的瀑布，银珠四溅，蔚为壮观。

我买张门票准备玩个痛快，验票的那个人微笑着，让我先称下体重。我问他干吗，不等我问明原因，他看一眼秤上显示的红字码就让我去退票，说我体重超标了。他说这个游乐项目园里有规定，如果体重超标就禁止入内，这是为了保障游客人身安全。我说规定是规定，也可以变通下嘛！他笑了，说："大叔，我得恪守职责，假如今天给你开绿灯，那么公园的规章制度就会因为我形同虚设的。万一发生人身安全事故，那我不得成为罪人呀！"这个验票人从头到尾的话，让我心服口服。

在回家的列车上，我思来想去，终于明白了，北戴河风景虽美，但最美的风景，还是那里的人情。

原载《参花》
2021年5月总第953期

游园记

  朋友约我去北湖湿地公园。

  我们沿着公园里石板小路往前走，脚下的石板缝里，有几株翠绿的嫩草芽，它们探头探脑地瞧着我、我心生感叹，忙俯下身子，细细欣赏新生的小草儿。

  来到一处荷塘边，勾我神的、醉我心的是高出水面上开得正浓正艳的荷花。青翠的花茎，摇摇曳曳，碧绿的荷叶，款款大方。绽放的花朵，袅袅娜娜，鲜亮的粉，鲜亮的白，令我遐思，令我感怀。我爱荷花，钦慕荷花出淤泥而不染，曾作诗赞曰："蛙鸣莲叶下，莲花池塘生。泥污寻常物，傲骨生香风。"

  沿着石阶，我走进了公园深处的林子。我经常去树林里，用心揣摩鸟发出的叫声：短促的吱喳，那是鸟儿在寻找近处的小伙伴，或是在警觉中发现了什么。我在公园里看见一只鸟，它大大的尾巴很短，颈和脚很长，头上有细长的白羽。听保安介绍，这种鸟春天飞来，还能拐携别的鸟类一起迁徙而来，以捕捉湖水中小鱼为食。

  走过红花松木铺成的小路，呈现在我眼前的是架在空中、蜿蜓在湖面上的高空观光车。透过观光车的玻璃窗，我眺望北湖湖面，四百多公顷的水域，分割成大大小小的湖泊。小的湖泊，偏远而僻静，凝重又含蓄；大的湖面上，洋溢着生机盎然的快乐。一对对白天鹅、黑天鹅一会儿在蓝天上飞，一会儿落下来，漂浮在水波上。我望见一只白天鹅正用粉红色的趾蹼，踩着水面上的涟漪，撒欢地追逐着另一只天鹅。我眼前的湖面，好像是一块块贴在地面上的翡翠，在阳光下熠熠生辉。

　　此时正值晌午，我走下观光车，走上白玉石的弧形石桥。水面上穿梭着大小的乌篷船。乌篷船经过精心的装饰，既保留着乌篷船简朴的造型，又融入现代的新技术。在一晃而过的乌篷船舱里，我看见四位老人在方桌上搓着麻将；又来了条乌篷船，艄公在船头划着一双船桨，船舱里的人，发出一阵阵吆喝声；另有一支小船，女人在船头拉着一把手风琴，男人在船尾摆动着一双船桨，我听见他唱着《我们的生活充满了阳光》……

　　下了石桥，一位挎着照相机的中年朋友问我："万马奔腾雕塑在哪？"正巧我也要去那条小路观赏雕塑，于是我俩结伴而行。一路上，人物雕、动物雕、生活场景雕，尊尊雕塑，耸立在公园小路的两侧。我们一起来到一处青砖瓦房围起的四合院，这院子让我感受到淳朴的民风和情趣。我走近一组雕塑前细细打量：两个男人在棋盘前对垒博弈，几个立在棋盘两侧的人物雕塑，他们的面部表情各异：支招的，面额突出的青筋像蚯蚓似的；抱怨的，鼻子气得歪向一侧，情绪栩栩如生地刻在了人物的脸上。

　　走出青砖瓦房的宅院，我们又走上了一条寂静的小路。忽然，一段陡坡路横在眼前，一路同行的朋友惊喜道："那是万马奔腾。"他端起照相机,咔嚓咔嚓地拍下八匹骏马昂首奋蹄的远景。我望着八匹奔腾的骏马,萌生慨叹:八匹奔跑的骏马,寓意着公园门前的那块巨石上的六个大字——创新、跨越、梦想。

  暮霭送走了夕阳,我坐在轻轨八号线列车上。车窗外,鳞次栉比高低错落的居民住宅,透出深深浅浅的灯光。我心生期待:明天会更美好。

原载《吉林日报·东北风》
2021年8月7日

雪花啊，雪花

稀稀疏疏的雪花漫不经心飞舞着，路上的行人说：这是入冬的第一场雪。

微信里传来消息，大意是下雪天，老年人无事要待在家里，不要外出，以防路上摔倒。

人与人不同，有人说，雪停了再出门，我则不然。下雪的日子，我喜欢一个人置身飘雪的户外，欣赏雪花飞来飞去，感受着万里雪飘给我身心带来的愉悦。那一片片飞雪像银色的蝴蝶，冲着我飞来，落在我头上幻化成水滴，粘在我脸上汪成流淌的小河。雪花，闪着银光，我仔细瞧，一片片雪花上面好像生长着树，树上的枝丫如同镂空的画面，又像用银丝绘成的工笔画。

我在银白的世界里看雪花，整个人变成了雪人。我在雪花中听到天外之音，喳喳喳、簌簌簌，我向四周查看，只看到天幕上闪动的雪花，只看到身旁的树木和楼房。我知道了，那是天公洒给人间一封封问候的信笺落地的声音。

莹莹闪闪的雪花，在我眼前铺成一片片清凉的雪景，犹如静美的仙境，释放我心上的烦躁，消除我脸上的愁容。我在想，人置身红尘中，会遇上不悦的事情，不悦的心事积淀多了，疾病会找上门来。心情不好时，在自然风景中闲庭信步，有益身心的健康。冬天的雪花含有诗情，雪中的风景富有画意。人在自然风景中排解心事，会轻松快乐，会释放生活和工作中的压力，变得坦然。

下雪的日子，我看雪花，感知小小的雪精灵像圣洁的天使，治疗着山河大地，给人间一个美好的环境。

下雪的日子是好日子，虽然行路难，乘车不方便，但是，如果冬天里不降雪，等于夏天不下雨一样，会影响生态平衡。

我出门看雪花，雪花飘在我心中。暗沉沉的天云之上，闪闪亮亮的小雪花，它是大地上赏心悦目的艺术画面。我感慨，天公作美，人世间，春有花开，秋有月，冬有雪花，遂人愿。

原载《白城日报》

2021年11月27日

孔雀鱼

我家的小鱼缸里养了许多出生不久的孔雀鱼，我隔三岔五地走到鱼缸旁投放饲料，期盼着鱼缸里的小生命快快长大。

前些日子，我给小家伙们搬个新家，换了个大一些的鱼缸。我把一条条小鱼捞到大鱼缸里，那些小鱼刚一入水，就好似一支支小箭射向不同方向。过了一会儿，这些小鱼安静了下来，似乎感受到新环境中的快乐。

人也是这样。少年时，我去游泳池学游泳，蹑手蹑脚地下到浅水区瞎扑腾，身体就是浮不出水面。多少次跟同学表决心，一定学会游泳，可一到现场就打怵了。同学拉我往深水区里走，水刚到前胸，心就怯了。我再把双腿抬起，两只手做划水的动作，眼睛睁不开，耳朵嗡嗡地作响，呛了几口水，我叫苦不迭，直到同学们扶我出了泳池。我再不敢学游泳了。

四十多年后，我去北戴河游玩，我和朋友讲述少年时学游泳的故事，朋友嘿嘿地笑着说："那是泳池，这是大海，海水浮力大，学游泳会很快。"我听朋友的话，换上游泳裤，蹚着海水往海里走，脚下的海沙细腻又绵软，轻柔的海风吹拂着多情的浪花，一波波往我怀里推。不等海水没过胸部，我就被回潮的海水推倒，接着，我又被涌来的海水"托"出水面，我在海面上像只大青蛙，做着机械的反反复复游泳的动作。最终我竟然在大海里学会了游泳。

少年时没学会游泳，成了我生活中一个遗憾。四十多年后，我学会了游泳，实现了心愿。

没想到自己竟然能在这个年纪学会了游泳。人要置身于大环境中，不仅开阔眼界，还能使自己的梦想有一个更大的舞台可以实现。

原载《劳动新闻》

2021年12月20日

六月的风景

六月里的雨是一道奇妙的风景，它是一挂朦胧的雨帘，我在雨帘里看楼阁，看街上行驶的车辆，看街上移动的花折伞，看那花折伞下风情万种的女人，看那雨中行进的车辆，在湿滑的路上跑着，车后掀起一溜烟的雨雾。

天放晴后，女人和男人的衣装变薄了，变短了。他们牵着手走进商场，他们搭着肩走近公园水边，燃烧着青春的热情，感受着生活的快乐。

六月里的风景，极具韵味，那雨携着惊雷，挟着闪电，带烟的雨水把道路淹成湍急的河。有些车子熄火抛锚，有些车子在泱泱的水中，艰难地行进。

云开雨停，怒放的一团团野花，白色的、粉色的，交错妖娆。含羞半开的花蕾，像慢慢揭开盖头的新娘，娇嗔的花姿、妩媚的花容惹得路人驻足，一览芳容。

小区里树上的小鸟，叽叽喳喳地叫个不停，几只小鸟在用短短的喙，梳理身上凌乱的羽毛。还有几只鸟歪着小脑袋左瞧一眼，右瞧一眼，叫了几声后飞出了林外。一会儿，小鸟又三帮两伙飞进了林间，栖息在树枝上，打起了盹儿。

小区里树阴下的老人彼此打着招呼，一帮帮，一伙伙，他们侃大山、打扑克，还有的老人在大树下，沏上一壶热茶水，摊开一盘棋，比试着双方的棋艺。旁边的人围过来看热闹，树阴下的风景，直熬得太阳公公红了脸。

夏天里的风景，真好……

原载《劳动新闻》
2022年6月13日

落叶情怀

秋风瑟瑟，黄叶乱飞。树木间的风景，伤我心怀。

我常被秋天的萧萧落叶，弄得愁绪满腹。一位诗友读我的《秋叶感怀》："风雨凋黄叶，泥水污秀身。望天心不畅，触景作诗吟。"诗友眉头一皱说：诗太凉了，不阳光，没有精气神。他送我小诗一首："黄花知秋晚，瑟瑟私语间。恨不枝头展，蓄势待明年。"读他的诗，给我一种困惑中的解脱，使我看到生命的希望。

后来我把秋天里的落叶，当作美丽的风景观赏。在观赏中我奇思妙想，把秋天飞舞的树叶，描绘成一幅美丽的画面。我的小诗《秋》："杨柳卸三春，姗姗扑画楼。寒雀栖霜树，大地堆黄秋。"诗友读后，连声说好。

我在秋天里看落叶，树上的叶落在我的眼前，是一道美丽的风景。树木上凋零的黄叶，像飞离枝梢的蝴蝶；稍肥的，扭动着身子婆娑起舞，微瘦的，闪动着腰姿，袅袅娜娜，它们在街上呼呼啦啦跑着，追赶着行路人的身影，留下一路的欢笑。它们在花园里玩耍，在长亭里、在水榭边，尽情地玩着捉迷藏。它们还在平整的柏油路面上，打着圈儿，像一个个旋转不停的陀螺。

我伫立在纷纷扬扬的落叶中，咏叹着它们生命的飘落。它们完成了三春使命和担当。为了孕育下一个生命的春天，它们选择了生命的归宿——"化作春泥更护花"。

原载《东北亚文学》
2022年7月21日 第537期

北窗上的冰霜花

我家北屋因为两块玻璃的夹层密封不严实,屋里的热气进入夹层里,遇上窗外的冷空气,冰冻成各式各样画面的图景,形成了冰霜花。有些画面像飞禽走兽,有些像绽放的花朵,一簇簇冷艳的菊,一堆堆隐逸的兰,一枝枝傲寒的梅花和一朵朵富贵的牡丹,它们竞相地开放。菊花的瓣,兰花的叶,梅花的蕾,牡丹的态,妙趣横生,怡悦着我的眼睛。

玻璃窗上,那若连若断的山脉,生机盎然的树木,还有那似展开翅膀飞翔的大鸟引起我一番想象,我在想象中惬意地思考。我每天早上总是呆瞧着窗上冰冻的各式各样的风景,妻子戏讽我像个小孩似的。随后又盼咐我开春后换块窗玻璃,我把这话当耳旁风。我心知,每人有每人的嗜好。我认为生活中的爱好,是人独特的享受。有爱好总比没有爱好的好。作家林语堂说:"生之享受包括许多东西",一家人在一起吃可口的饭菜,睡觉之前的聊天,节假日逛街买新穿戴,都是生活中的享受。还有人陶醉于自然界中的树木、花朵、云雾、溪流、瀑布,他们热爱自然,在自然的风景中,享受自然的乐趣。还有，文学、艺术、友情，拓展人们生活的广度和厚度。

我家北屋这扇窗玻璃是我陋室里一幅画，它上面的风景，像似用蚕丝绣成的，一耸耸山脉的轮廓，一棵棵树木上的虬枝叶杈，还有许许多多的花，面对着我，美我的目，悦我的心。

在住房条件不佳的那个年代，冬天里，窗玻璃上满满地冻上厚厚一层的冰霜花，从屋里都看不到窗外的树。

那时不能跟现在作比较，现在住房条件优渥，橡塑窗框里镶嵌是密封完好的双层玻璃，在密封完好的情况下，玻璃夹层里是不会出现冰霜花景观的。封密不严实的双层玻璃窗，钻进了热空气，才会出现冰霜花。冰霜花在夹层里形成了画面，对我来说，是种美景，它形成的山、树、花、鸟，轮廓清晰，线条细腻，天然雕饰，妙手神工，使我想入非非，使我赞不绝口。

近几年，冰雪雕塑成为一项集经济、文化、娱乐为一体的冬季项目，不仅集中亮相在城市里的公园，在一些企事业单位门前，也可瞧见制作精美的，寓意美好的冰雪雕塑，吸引市民们的眼球。我在一家大型餐饮企业门前看到两座雕塑，一座是冰雕，是用形状大小各异的冰块，雕成餐厅里的包房形状。包房里布置着水晶的桌面和座椅，围坐在桌前的男人女人，尽情享受着荤素搭配的美味佳肴，在霓虹灯下，烘托出祥和温馨的场景。另一座是雪雕，雪雕的画面蔚然壮观：一间间客房里服务设施齐备，客人下榻的床，沙发茶几，电视冰柜，一应俱全，每个客房亮着不同色彩的灯光。

在赞美今天冰雪雕塑的同时，我还是更喜欢欣赏我家北屋那扇玻璃窗上的冰霜花，它似天公妙手精心绘成的画面。画面上的一丝一缕之间，潜藏着细腻，彰显着柔情，不妖艳、不媚俗，静静地美在我眼前。

原载《教育学文摘》
2022年第9期

枫叶情

你送我一幅画，给我一幅秋天的风景。一棵棵枫树上，仿佛落满了红蝴蝶。

我家的窗外也伫立着一片枫林，春天一到，一颗颗小芽苞伸出稚嫩的小翠叶，给我的生活也带来了春天。

每每心情处于低潮，我习惯地走到窗台前，看一眼窗外吐露生机的枫树，坏情绪便会慢慢消歇。

夏天来了，窗前的枫树叶，一片片绿油油的，像无数把撑在枫树上的小伞花。伞花下的阴凉地上，麻将桌旁，老人们坐在那里，旁边玩耍着小孩子，他们兴致勃勃地捉着小蝴蝶、小蜻蜓。

秋风渐凉，八月的桂花氤氲醉人，枫树上的红叶，像一团团赤红的火焰，又像一抹抹天边的云霞。我沏上一壶铁观音茶，一边品着香茗，一边欣赏着窗外那一片片枫叶。秋天的雨越下越凉，枫树上的红叶像穿上婚纱的新娘，又像呈现在我眼前的一幅幅水粉画。

我经常望着窗外，秋风一天比一天紧，秋色一天比一天深，窗外的杨柳树叶黄了，过了些天，我看见窗外的风开始不停地拉扯着树上的枝条。

翌日我走出楼外，地面上覆盖了一层鹅黄色的杨柳叶，我在满地的落叶中没能瞧见一片枫叶。我听植物专家说，树木的种类不同，落叶的时间也有先后。又过了几天，我观察到杨柳树的叶子脱光了，暗红色的枫树叶才开始掉落。再去看枫树的枝条，一片片卷着黑黢黢焦边的枫叶，像挂在枝丫上的蝙蝠，依然不愿离开。

我家墙上那幅枫树风景画，是一位亲戚送给我的。我喜欢欣赏枫叶，红彤彤的枫叶，给我生活增添温暖和热情。它虽然没有秋天里菊花的美丽动人，但它给我一种精神上的力量。

原载《卡伦湖文学》
2022年第366期

不老的柳树

我看到过许多柳树,这一棵生长在胜利公园西北角河堤上的柳树,却是伫立我心中、不老的柳树。

我孩提时,这棵树也挺年轻,年轻的它,却把挺拔的躯干,弯成一个弧形,根须像一条条小溪,伸向四周的土地。

我喜欢这棵柳树,它前半身的躯干匍匐在地上,如一段圆木,人可以站在上面拍照。歪斜的半棵树伸向河水中,硕大的树冠,垂下无数绿色的丝绦,颇为壮观。

春天里,柔柔的枝条,像羞羞涩涩的少女,在晨曦中醒来,摇摇曳曳瞧着平静的水面梳妆打扮。胆大的男孩攀爬上高枝,冲下面的小朋友做个鬼脸,大人又惊又喜,嘴说着别掉下来,又在匆忙中,抓起照相机抓拍这一惊险的画面。那棵树横亘地面的一截身躯也闲不住,成了女孩子们照相的平台。她们三三两两,蹲着的,站着的,勾肩搭背的,像一朵朵春天的花,绽放着生机,洋溢着生活的热情,彰显人与自然的和谐美好。

我跟着树一年年地一起长大。一年的夏天,公园里大兴土木,员工们围绕着河岸的树木,行医问诊。有些树被无情的电锯切断放倒，有些树按人的意愿做了修容剪枝，也有些树，被起重机械连根拔起，被搬运工人抬上车，不知去向何方。

多年后一个秋天，我又来到这座年代久远的公园，寻觅它，心在想，它是否还健在？当我幸运地寻到它，走近它，仔细打量它，发现它没有被视为老态龙钟，强制伐掉或迁移，而是被园林部门当作重点保护对象，保留了下来。

时光荏苒，岁月更迭，人间的风雨使它的身躯更加强壮。我俯下身，用带温度的手，抚摸那粗壮的树根。裸露地表上的树根，仿佛是一根根龙骨，壮壮实实，扭扭巴巴。它的身躯，在水光倒影中，弯成一条暗黑的弧线，安静地躺在河水面上。它那一蓬枝繁叶茂的冠发，在河水中，婆婆娑娑，惊得河水里的鱼儿，四下遁散。

冬天里，我再次来到它的身旁，它的根系，仿佛似一盘冻僵身子的蟒蛇。身躯上一块块刮手的、褶褶皱皱的树皮，诉说着岁月的沧桑巨变。一条条脱光叶子的树枝，在凛冽的寒气中肃立静默。这棵柳树，在秋风中，枝不断，权不折，它把春天酿造的绿，秋天漂染的黄，阳光下炙烤的红，把生命旅途中的那些风景，都献给养它的河水中。

一片片凋落的柳叶，像一只只细窄身子的小鱼，一会儿聚着，一会儿又散开。有些小柳叶漂着漂着，被冒出水面的青苔拦住，挂在草尖上，贴在河石旁。还有些柳叶，在河水中，像一只只彩绘的小船，漂在阳光下，戏在人眼中。柳叶漂累了，休憩会儿，被袭来的寒风冻僵了美丽。柳叶懂得报答，不忘初心，把自己的生命，幻化成冻在冰河上的蝴蝶，因为，它们深爱着这片脚下的河水和土地。

我爱这棵弯曲的柳树,因为它年年显露着旺盛的生机,洋溢着四季如春的风景。这棵树给我带来心情的愉悦。

原载《吉林日报·东北风》
2022年10月22日

鱼之乐

我喜欢观赏鱼，鱼儿在干净的水中游来游去，不仅养眼也怡情。

我喜欢养鱼，买了一个大鱼缸养了许多孔雀鱼。我经常给鱼缸换新水，鱼缸里的鱼能给我带来好心情。我给鱼缸里的鱼投放饲料时，鱼儿好像有感知似的，它们纷纷游到我跟前，我瞧见，鱼儿的一张张小嘴啜嚅着，期盼着我投放食物。我把散沙似的鱼食投放下去，鱼食在水面上漫开一个圈儿，鱼撒欢地争抢着吃，鱼食很快被抢夺一空。我又瞧见吃饱的鱼，在水面上悠闲地摆动着花尾巴。还有几条鱼沉到水底下，它们像似没填饱肚子，游动着身子，努力寻觅着沉入水底的残羹剩饭。

我为观赏鱼不断地美化鱼缸环境。鱼缸里一侧放一座假山、一座八角石亭，另一侧架一座小桥，中间是一条乌篷船，再放进一些粗粗细细嫩绿的水草。其实，我给鱼缸里的鱼打造漂亮的家园，也是为了丰富我的生活。

我往鱼缸底部摆放鹅卵石，大大小小的石头组成鱼儿嬉水的图案。我在鱼缸边缘安装上彩灯，彩色灯光映到水面上，仿佛一片彩色的云霞。一条孔雀鱼，咬了一口浮在水面上的红，又惊慌地藏进茂盛的水草里，呼呼地嚅动着鳃。还有些孔雀鱼，在水面上玩腻了躲到水底下，钻过石桥洞，绕过假山，依偎在八角石亭下，随后，又游向乌蓬船。它们不断地嚅动着小嘴啃咬船帮上生出的青苔。

  一天，我把两条出生半个月的小鱼，放进大鱼缸里。其中一条小鱼像似寻到了母亲，依偎在一条大着肚子的鱼身旁，母子俩惬意地在水里游着。另一条小鱼先是在小桥下玩了一阵子，接着向水面游来。此时一条比它身长两倍的鱼，正在水面上悠闲地游着，我担心起来。没想到那条大鱼没有把小鱼当成送上门的美食，相反，大鱼用它的唇碰了一下小鱼的唇，又断然地离开了。所谓"大鱼吃小鱼"，我只好重新认知了。

  我喜欢养鱼，在养鱼中观赏鱼，丰富我的生活。我经常给鱼缸换干净的水，干净的水养鱼，水中的鱼养我的眼。

原载《卡伦湖文学》
2022年第682期

小区健舞抒情怀

　　小区里，被花儿熏香的空地上，身着七彩衣裳的女人在翩翩起舞——这是我们小区里的艺术舞蹈队。舞蹈队旁边乐队的伴奏，在夏夜里显得温馨而深邃。

　　夏夜里的凉风吹皱了水面，一波波泛起的涟漪，揉搓着水中的云霞。有几只鸟儿在树上应合着音乐的节奏扇动着小翅膀，不一会儿，又在枝丫间蹦蹦跳跳，像一个个小舞蹈家。

　　我们小区里还有一支健身舞蹈队，我也常常观赏他们的舞蹈。他们表演的是近几年为全民健身活动推出的健身舞蹈。

　　朋友打电话过来，说他体重减去了十多斤。我问他咋减肥的，他说："参加小区健身舞蹈队。"他问我："你小区有跳健身舞的吗？"我说："有。"他说："你应该也减减肥，天天跳健身舞减肥效果最好。"我听了他的话，每天晚饭后，在小区跟大家一起跳健身的舞蹈。我跳健身舞一来是为了缓解在家读书一天的疲劳，二来是为了健身减肥。我在跳健身舞中体会到，国家提倡的全民健身，有利于提高人民的身体素质；不分年龄和性别，大家都可以跳健身舞，只要用心地跳，就能在舞蹈中增进团队精神，在舞蹈中增强生命的活力。

　　我们小区的这两支舞蹈队，不管是艺术舞蹈队，还是健身舞蹈队，一曲曲舞曲，一阵阵歌声，都如春风送暖，吹开我的心扉。这些舞者仿佛似百花园里一朵朵美丽的鲜花，他们每天跳舞的精神头，洋溢着新时代的风采。

原载《卡伦湖文学》
2022年第602期

老 屋

老屋，沧桑伫立。木质门窗，伤痕累累，当年门窗上的彩绘，早已不见了踪影。看一眼，一阵酸楚；看一眼，一阵感怀。老屋，是我载不动生活往事的航船……

老屋坐落在闹市区西四马路与新民胡同的一条小巷里。青灰色的砖房，屋套着屋，白墙黑地，淳朴而厚重。

老屋里记载了我外祖母、父母亲的舐犊之情。老屋记得，每周把《小朋友》读本交到我手里的是父亲，父亲是我接受早期教育的第一任老师。母亲巧手缝制的花口袋，是我与小伙伴结下友情的纽带。我在父亲老旧的书里，读懂"史家之绝唱，无韵之离骚"；我吟诵"安得广厦千万间，大庇天下寒士俱欢颜"。我在老屋里幸福地成长，老屋墙上的全家福照片，定格了我青少年时幸福的微笑。

我喜爱老屋，喜爱老屋上的小阁楼，小阁楼比左邻右舍的房子都高出一截。十五月圆，我推开小阁楼上的小木窗，凭窗览月，悠然自得。

老屋是我外祖母倒空两大坛子的银元修建的，历经了四代人的时光。老屋所在的那条深巷子当年俗称"六国板店"，走进这条巷子的人，多是穿长衫短褂的平民，他们喝点小酒，吃点小菜，就像鲁迅笔下常去小酒馆的孔乙己。外祖母开酒馆，每天接待的客人很杂，接触的人涉及三教九流，各行各业。外祖母胸襟豁达，做买卖诚信为本。外祖母告诉我，善良才有德行，人无善心，则无德功。

那一年的春天，退休的父母眉开眼笑，双目失明的外祖母高兴得合不上嘴。时值改革开放刚刚开始，父母为提高生活质量，开起了家庭手工作坊。他俩印制服装上的各式商标，制作金丝绒锦旗。二人在照顾外祖母起居的同时，为这份副业忙得马不停蹄。他们就像两只蜡烛，燃烧着自己，为全家带来温暖和幸福。

老屋里父母忙来忙去的身影，让我很感动。

我们全家在老屋过了许多年的好日子，后来外祖母和父亲相继谢世，母亲去了姐姐家，我跟爱人、女儿也告别了老屋，搬进父亲生前给我和弟弟盖好的新房。

老屋孤寂了。每次回到这里，我都仿佛在时光隧道里漫步，已故亲人的音容笑貌，温暖着我的心房；昔日生活的场景，亦真亦幻地在眼前浮现。我在老屋前不舍得离开，老屋的过去是我人生的真实见证。

原载《吉林日报·东北风》
2019年11月2日

后　记

　　《暗送幽香》散文集可以说成我的散文处女作品集，这是我用十三年的光阴岁月写成的第一本书。这本书出版发行是我从文道路上的一个里程碑。

　　我写的散文内容"接地气"，因为我的生活就是平民百姓的生活。

　　作品中出现的人和事先是感动了我，然后，我再用他们身上的真、善、美，打动读者。

　　生活的土壤给了我写作的机会，我就要依托生活写出高于生活的文学作品。《暗送幽香》散文集是我对真实生活的写照，是我本人世界观、人生观、价值观的写照。

　　写作消耗了我人生中的许多时间，但每一篇作品的发表，都使我赢得了更广阔的生活空间，我为此感到骄傲和自豪。

　　今后，我会在生活园地里为亲人、朋友和读者，奉献更多更好的散文作品。

在此，我感谢自己选择了一条散文写作的道路，感谢指导我写作的老师，感谢发表我作品的各平台的各位编辑老师。

刘金范

2022年6月24日于长春